Friedrich Klincksieck

Zur Entwicklungsgeschichte des Realismus

im französischen Roman des 19 Jahrhunderts - ein litterarhistorischer Versuch

Friedrich Klincksieck

Zur Entwicklungsgeschichte des Realismus
im französischen Roman des 19 Jahrhunderts - ein litterarhistorischer Versuch

ISBN/EAN: 9783743621817

Hergestellt in Europa, USA, Kanada, Australien, Japan

Cover: Foto ©Andreas Hilbeck / pixelio.de

Weitere Bücher finden Sie auf **www.hansebooks.com**

Zur Entwicklungsgeschichte des Realismus

im französischen Roman des 19. Jahrhunderts.

Ein litterarhistorischer Versuch

von

Dr. Fr. Klincksieck,

Lector des Französischen an der Universität Marburg.

Marburg.
N. G. Elwert'sche
Verlagsbuchhandlung.

Paris.
Librairie C. Klincksieck,
11 rue de Lille 11.

1891.

> Das Eigentümliche der ästhetischen Behandlungsweise im Gegensatz zu der historischen fasst sich kurz darin zusammen, dass es jener hauptsächlich auf das Wie, dieser auf das Warum ankommt.
> Ebert, Entwicklungsgesch. d. franz. Trag.

In der folgenden kurzen Studie soll keine ästhetische Würdigung französischer Romanschriftsteller, überhaupt keine Erörterung ästhetischer Fragen versucht werden. An Büchern und kleineren Schriften über den französischen Realismus und Naturalismus, die von ästhetischen Gesichtspunkten ausgehen, fehlt es weder bei unsern Nachbarn noch bei uns. Der Entwicklung aber der realistischen Bewegung in Frankreich, von der Blütezeit des Romantizismus an bis auf unsere Tage, ist bisher noch wenig Aufmerksamkeit geschenkt worden, neben der ästhetischen Seite scheint die historische vernachlässigt worden zu sein. So oft auch die einzelnen Autoren, die hier in Betracht kommen, wie Balzac, Stendhal, Flaubert, die Brüder Goncourt, Daudet, Zola, einer eingehenden Betrachtung unterzogen worden sind, — die litterarhistorisch so interessanten Fragen, ob sich ein Zusammenhang zwischen den genannten Schriftstellern nach Form und Inhalt ihres Realismus zeigt und welcher Art derselbe ist, weiterhin in welcher Weise sich der realistische Trieb in dieser Schriftstellerreihe weiterentwickelt und vervollkommnet hat, diese Fragen haben bis jetzt noch kaum eine Beantwortung gefunden.

Auf den folgenden Seiten soll der Versuch gemacht werden, denselben näher zu treten und wenigstens an einigen der oben genannten Schriftsteller eine Entwicklung des Realismus nachzuweisen. Dieser Versuch sieht von Vollständigkeit in irgend welcher Beziehung ab. Wie von der Litteratur Frankreichs seit den Zeiten der Romantiker nur der Roman in Betracht gezogen wird, so sollen auch von den Autoren selbst nur einige wenige, die dem Verfasser ganz besonders charakteristisch dünkten, behandelt werden. Aber auch in diesem Rahmen wird keine Vollständigkeit beabsichtigt; weder der Lebenslauf der Schriftsteller, noch der Inhalt ihrer Werke sollen ausführlich behandelt werden, auch kann die künstlerische Eigenart eines Autors nur insofern Gegenstand der Untersuchung sein, als sie für die Entwicklung des Realismus von Wichtigkeit gewesen ist. Die Stellung aber der betreffenden Autoren in der realistischen Bewegung zu kennzeichnen, die Fortschritte und Wandlungen dieser Bewegung selbst festzustellen, das schien dem Verfasser in erster Reihe von Interesse zu sein.

Sollte die vorliegende Schrift zum Verständnis der realistischen Bewegung, zum Verständnis solcher Autoren, wie Balzac und Flaubert, Daudet und Zola, nur ein weniges beitragen, so ist der Zweck derselben erfüllt.

Inhaltsübersicht.

	Seite.
Richtungen der französischen Litteratur im 19. Jahrhundert. Blütezeit der Romantik	1
Der Realismus. Charakteristik desselben	2
Honoré de Balzac. Sein Romantizismus: Le Lys dans la Vallée. La Peau de chagrin	6
Sein Realismus: Eugénie Grandet	9
Betrachtung der Eigentümlichkeiten des Balzac'schen Realismus im Einzelnen	13
Balzac's Vielseitigkeit. Er stellt kein realistisches System auf. Zusammenfassung	15
Gustave Flaubert. Übersicht über seine Romane. Gegensätze in seiner Natur	18
Sein Realismus ist mit dem Balzac's verwandt, bedeutet aber auch, in Form und Inhalt, eine Weiterbildung über diesen hinaus	20
Flaubert ein bewusster Realist. Zusammenfassung	28
Überblick über den französischen Roman um das Jahr 1880. Die Realisten stehen im Vordergrund	29
Alphonse Daudet. Sein Realismus. Seine Verwandtschaft mit Flaubert. Unterschiede zwischen beiden Autoren. Zusammenfassung	31
Émile Zola. Seine Beeinflussung durch Balzac	38
Beeinflussung durch Flaubert. Weiterbildung des Flaubert'schen Realismus	41
Zola's kritische Schriften. Verhältnis derselben zu seinen Romanen	44
Eigentümlichkeiten in Zola's Schreibweise. Zusammenfassung	54
Schlusswort	56

Die Geschichte der französischen Litteratur im 19. Jahrhundert bietet uns zweimal das Schauspiel einer Bewegung, die dahin zielt, mit der gerade herrschenden, von den bedeutendsten Autoren der Zeit vertretenen litterarischen Grundanschauung zu brechen, und eine andere, ihr schroff gegenüberstehende, an deren Stelle zu setzen.

Der Ursprung und die Entwicklung der ersten dieser Bewegungen oder Strömungen, der romantischen, sind zur Genüge bekannt und der Gegenstand sorgfältiger Studien geworden. So unterzieht Julian Schmidt im 2. Band seiner ‚Geschichte der französischen Litteratur seit Ludwig XVI.'[1]) die hauptsächlichsten Autoren und Werke der romantischen Schule einer eingehenden Kritik, und G. Brandes, dem wir ‚Die Litteratur des 19. Jahrhunderts in ihren Hauptströmungen' verdanken, widmet den 5. Band dieses Werkes speciell dem Studium der oben genannten Periode. Dieser Band trägt den Titel ‚Die romantische Schule in Frankreich'[2]); Brandes schildert hier mit lebhaften Farben die Autoren, deren Namen den Ruhm der französischen Litteratur gegen die Mitte unseres Jahrhunderts ausmachen. Er erzählt, wie auf litterarischem Gebiet am Ende der 20er Jahre in Frankreich eine förmliche Revolution ausgebrochen, eine Revolution, deren Vorboten wir allerdings schon in den ersten Jahrzehnten des Jahrhunderts bemerken, wenn wir einen Blick auf Autoren wie M$_{me}$ de Staël und Chateaubriand werfen, deren wirklicher Durchbruch aber erst im Jahre 1830 erfolgt und eigentlich durch jenen denkwürdigen Tag der ersten Aufführung von Victor Hugo's ‚Hernani' bezeichnet wird, den 26. Februar 1830. Dieses Datum ist in der That von der grössten Wichtigkeit für die Weiterentwicklung der französischen

---

1) 2 Bde. 2. Aufl. Lpz 1873. 74.
2) Lpz 1881.

Litteratur damaliger Zeit: es bestimmt auf ein Menschenalter hinaus das Schicksal der romantischen Kunstrichtung, die von 1830 an thatsächlich die herrschende wurde. Wir brauchen kaum daran zu erinnern, wie Victor Hugo von jenem 26. Februar 1830 ab das Haupt jener Schaar von dramatischen Dichtern, Lyrikern und Erzählern war, die die eben genannte romantische Schule bildeten. Er blieb es Zeit seines Lebens, richtiger gesagt die Zeit, die diese Richtung dauerte, deren zeitliche Begrenzung wir schon andeuteten. Wir wissen, dass V. Hugo das Verdienst hatte, mit der Starrheit des Klassizismus, die seit Corneille in Frankreich mächtig war, mit der einseitigen Auffassung der Regeln des Aristoteles — die nicht in jeder neuen Litteraturperiode seit 1640 neue Erklärer gefunden hatte, sondern länger als 150 Jahre ohne Rücksicht auf Änderung von Zeit und Geschmack in derselben Weise Richtschnur für den Dramatiker geblieben war — endgültig zu brechen. Hugo machte die Rechte der Natur vor allem für das Drama und den Roman geltend, beging aber gleichzeitig den Fehler, in seiner Auffassung der Natur in Übertreibungen zu verfallen und gerade den vermeintlichen Mangel an Natur durch eine Natur zu ersetzen, die nicht oder nicht mehr die wahre ist. Er war also durch seine romantischen Übertreibungen selbst wieder unnatürlich geworden. Im Laufe der Jahre trat dieser Fehler mehr und mehr hervor. Gegen solche Übertreibungen, gegen solche, man möchte sagen excentrische Gefühls- und Charakterschilderungen, wie sie in den Werken Hugo's und seiner Anhänger hervortraten, gegen die fremdartigen Stoffe und Vorwürfe, die ihnen zu Grunde lagen, gegen die allzulockere Composition und die Überschwenglichkeiten in der Schreibweise, die sie aufwiesen, empörte sich der gesunde Sinn, der ‚bon sens' vieler Zeitgenossen, und zum Teil als Opposition gegen Hugo und seinen Anhang entstand die zweite Bewegung oder Strömung in der französischen Litteratur des 19. Jahrhunderts, die realistische.

Es liegt auf der Hand, worin die Tendenz dieser neuen Bewegung liegen musste. Hatte V. Hugo die Grenzen der

Poesie erweitert und diese von den Fesseln befreit, die ihr seit Jahrhunderten anhafteten, so mussten seine Gegner, die seiner üppig wuchernden Phantasie Einhalt thun und von der Unnatur romantischer Verirrungen wieder zur wahren Natur zurückkehren wollten, diese Grenzen wieder verengen, um den Boden jener Wirklichkeit zu gewinnen, auf dem sich ihrer Ansicht nach einzig und allein die Dichtung zu bewegen hatte. Beide Theile, Hugo wie seine Gegner, erstrebten Rückkehr zur Natur: hatte Hugo, und mit Recht, die Unnatur in der Beschränkung gesehen, so erblickten sie seine Gegner, und wohl nicht mit weniger Recht, in der Uebertreibung.

Am schroffsten trat die Opposition im Drama hervor; sie zeigte sich besonders bei der Aufführung der Stücke Ponsard's, dessen Trauerspiel ‚Lucrèce' einige Wochen nach Hugo's ‚Burgraves' zum ersten Mal gespielt wurde und einen glänzenden Erfolg davontrug [1]).

Aber diese neue Richtung im Drama, die die sog. ‚École du bon sens' anbahnen wollte, verzweigte sich schnell, und die Opposition gegen die Romantiker trat in den Hintergrund. Der bedeutendste Dramatiker, der der Schule entsprossen, der kürzlich verstorbene Emile Augier, ging durchaus seine eigenen Wege, und Ponsard's Ruhm war nicht von allzu langer Dauer. Die ‚École du bon sens' als solche verlor bald ihre Bedeutung.

Viel interessanter und folgenschwerer als die Bewegung, die in der ‚École du bon sens' ihren Ausdruck fand, war die realistische Strömung auf dem Gebiete des Romans, der Erzählung, und es erscheint der Mühe nicht unwert, der Entwicklung dieses Realismus im Roman nachzugehen, der erst allmählich dem Romantizismus entgegentritt, mehr und mehr selbständig wird, und je nach der Beanlagung und dem Naturell seiner Vertreter verschiedene Wandlungen und Erweiterungen durchmacht. Eine Entwicklungsgeschichte des französischen Realismus existirt unseres Wissens nicht. Auch Zola's ‚Romanciers naturalistes' können nicht als eine solche angesehen werden,

---

1) Dass in dieser Bewegung im Drama auch eine Rückkehr zum Classizismus lag, zeigt in Bezug auf die Stoffe schon der Titel des genannten Stückes.

trotzdem es des Autors Absicht ist, „de donner une histoire du roman naturaliste, étudié dans les chefs qui en ont successivement apporté et modifié la formule'; das Buch enthält eine Reihe in sich abgeschlossener Aufsätze über die hauptsächlichsten realistischen oder naturalistischen Autoren und scheint uns den Zusammenhang der betreffenden Schriftsteller durchaus nicht in erster Linie ins Auge zu fassen.

In unserer kurzen Untersuchung kann es uns nur um Erörterung der Stellung zu thun sein, welche die hervorragendsten unter den Autoren, denen man gemeinhin den Namen Realisten gegeben hat, in der realistischen Bewegung einnehmen [1]; ganz absehen vollends müssen wir von einer ästhetischen Würdigung der Leistungen der in Frage kommenden Schriftsteller, da es uns nicht darauf ankommt, auf den ästhetischen Wert der Romane dieses oder jenes Autors hinzuweisen, sondern vielmehr darauf, die Fortschritte und Wandlungen des Realismus als solchen und die Einwirkungen der einzelnen realistischen Autoren aufeinander nachzuweisen.

Wollten wir den realistischen Roman, wie wir ihn in Frankreich in unserm Jahrhundert als Gesammterscheinung vor uns haben, mit einigen Strichen kennzeichnen, wollten wir die Eigenschaften, die den meisten seiner Hauptvertreter gemeinsam sind, hervorheben, so könnte das vielleicht mit folgenden Worten (in denen keineswegs eine Definition des Realismus gegeben werden soll) geschehen:

Der realistische französische Roman des 19. Jahrhunderts sucht — im Gegensatz zu einer Romantik, wie sie hauptsächlich durch V. Hugo, G. Sand, Al. Dumas vertreten wird — seine Aufgabe darin, das wirkliche Leben, wie es sich in unsern verschiedenen Ständen, Berufsarten, Altersklassen heute vor uns abspielt, zu erfassen und naturgetreu darzustellen. Er schliesst daher von vornherein die Erzählung von Dingen, die

---

[1] So werden wir Stendhal—Mérimée—Champfleury—die Brüder Goncourt nicht in den Kreis unserer Betrachtung ziehen, weil diese Autoren, so bedeutend sie in mehr als einer Weise sein mögen, in ihren Einwirkungen auf die Entwicklung der Litteratur und auf die Öffentlichkeit uns nicht in allererster Reihe zu stehen scheinen.

nachweisbar unmöglich sich zugetragen haben können — wie z. B. Dumas sie in seinem ‚Comte de Monte-Cristo' giebt — aus; er sucht in den Charakteren, in deren Eigentümlichkeiten er mit Fleiss und Scharfsinn einzudringen bemüht ist, Abbilder wirklicher Menschen zu geben und hier vor allem an Stelle der erfindenden Phantasie die Beobachtung und Erfahrung zu setzen; er sucht weiterhin formal in Satzbau, Ausdruck, Composition die Extravaganzen und nicht weniger die Nachlässigkeiten der Romantiker durch Klarheit und Einfachheit zu ersetzen. Wie sehr auch die Vertreter des Realismus in den einzelnen der erwähnten Punkte noch auseinandergehen mögen, allen gemeinsam ist das Bestreben, der Wirklichkeit in der Natur und im Leben nachzugehen, und dieselbe in ihren Werken zu verwerten.

Da jedoch ein erfindendes Kunstwerk, und ein solches ist bis zu einem gewissen Grade jede Schöpfung eines erzählenden Schriftstellers, auf Phantasie beruht, oder wenigstens mit Hülfe der Phantasie zustande kommt, ein wenn auch nur geringes Übermass von Phantasie aber leicht der lebenstreu sein sollenden Beobachtung Abbruch thut, so werden wir sehen und es erklärlich finden, dass die meisten realistischen Romanschreiber einen Kampf gegen die in ihnen arbeitende, drängende Phantasie durchmachen, und mehr als einer die Ertötung dieser Phantasie gewaltsam zu erstreben sucht. Der bekannte Litterarhistoriker Émile Faguet zeichnet treffend die bei jedem Künstler doch immer hervorbrechende Tendenz, mehr als ein Abbild der Wirklichkeit zu geben, in folgenden Worten [1]):

Si l'artiste écrit, c'est comme l'homme fait toutes choses, mû et poussé par une passion. Il a toujours, quoi qu'il fasse, l'arrière-pensée ou le secret désir de prouver, convaincre, attendrir, convertir, attirer à soi le lecteur, verser dans son oeuvre quelque chose de ce qu'il pense, espère, rêve, regrette ou désire.

Naturgemäss wird da, wo ein Autor mehr denkender, reflectirender Arbeiter ist, wo er nach realistischen Principien schafft, wo er selbst als Kritiker auftritt, mehr von einem Kampf, da wo er mehr naiv schafft, von einem unbewussten Gegen-

---

[1]) Ém. Faguet, études littéraires sur le dix-neuvième siècle. Paris 1887. p. 434.

satz, vielleicht auch von einer Verknüpfung gesprochen werden können. Es wird ein Teil unserer Aufgabe sein, bei dem einzelnen Autor zu untersuchen, welche Rolle die Phantasie in seinen Werken spielt, insbesondere, inwiefern sie seinen Realismus beeinträchtigt.

Suchen wir nun zunächst nach dem Ursprung des realistischen Romans. Wir erwähnten, dass die realistische Bewegung in ihrer Gesammtheit aus dem Gegensatz gegen die Romantiker entstand. Diese Behauptung erleidet, auf den Roman allein angewandt, eine gewisse Beschränkung: wir finden schon während der Blütezeit der Romantiker durchaus realistische Romane, deren Verfasser nicht in einem gewollten Gegensatz zu den Romantikern stehen. Die französischen Realisten der Gegenwart erkennen als ihren Meister und Lehrer Honoré de Balzac [1] an. Welche Stellung nimmt Balzac in der Geschichte des realistischen Romans ein? Ist er der erste realistische Romanschreiber, der Begründer des realistischen Romans?

Diese letzte Frage muss sofort verneint werden. Werfen wir einen Blick auf die Erzähler des 18. Jahrhunderts, auf Werke wie Prévost's „Manon Lescaut', oder „La Religieuse' von Diderot, so lehren uns diese, dass die Tendenz, unser wirkliches Leben naturgetreu zu schildern, nicht erst von unserm Jahrhundert datirt, sondern sich auch im vorigen bemerklich macht. Gehen wir bis zum 17. Jahrhundert zurück, so werden wir finden, dass auch damals wie in unserer Zeit im Roman ein Gegensatz zwischen Romantizismus und Realismus bestanden hat. Er war so gross, dass H. Koerting seine Geschichte des französischen Romans im 17. Jahrhundert in zwei Hauptteile zerlegt, von denen der erste den romantischen, der zweite den

---

[1] Bibliographie: H. de Lovenjoul, histoire des oeuvres de H. de Balzac, Paris 1879, gibt die Bibliographie bis zu diesem Jahr ausführlich an. Zu vergl. ausserdem etwa: É. Zola, Les romanciers naturalistes, Paris 1881, p. 3—73. P. Albert, la littérature française au 19e siècle, vol. II, Paris 1886, p. 245—273. Taine, nouveaux essais de critique et d'histoire, 4e éd., Paris 1886, p. 51—140. É. Faguet, Études littéraires sur le 19e siècle, Paris 1887, p. 413—453.

realistischen Roman behandelt¹). Auch bei weiterer Umschau auf dem Gebiete anderer Litteraturen finden wir häufig den genannten Gegensatz vertreten.

Kehren wir zu Balzac und zur Ergründung von dessen Stellung im realistischen Roman zurück. Das schon erwähnte grosse Werk von Brandes weist diesem Autor seinen Platz mitten unter den Romantikern zu. Und nicht mit Unrecht, denn Balzac ist in der That ein Schriftsteller, bei dem das Romantische in der ausgeprägtesten Weise hervortritt. Auch, wenn wir von seinen Jugendromanen absehen, und nur die unter dem Titel ‚La Comédie Humaine' zusammengefassten reiferen Werke in Betracht ziehen, fällt es uns nicht schwer zu beweisen, dass Balzac ein Romantiker war. Was ist ‚Le Lys dans la Vallée' anders als ein durch und durch romantisches Werk, romantisch in Titel, Stoff, Behandlung des Stoffes und Ausdruck! Das Buch beginnt folgendermassen:

A quel talent nourri de larmes devrons-nous un jour la plus émouvante élégie, la peinture des pâtiments subis en silence par les âmes dont les racines, tendres encore, ne rencontrent que de durs cailloux dans le sol domestique, dont les premières frondaisons sont déchirées par des mains haineuses, dont les fleurs sont atteintes par la gelée au moment où elles s'ouvrent? Quel poëte nous dira les douleurs de l'enfant dont les lèvres sucent un sein amer, et dont les sourires sont réprimés par le feu dévorant d'un oeil sévère? La fiction qui représenterait ces pauvres coeurs opprimés par les êtres placés antour d'eux pour favoriser les développements de leur sensibilité, serait la véritable histoire de ma jeunesse. Quelle vanité pouvais-je blesser, moi nouveau-né; quelle disgrâce physique ou morale causait la froideur de ma mère; étais-je donc l'enfant du devoir, celui dont la naissance est fortuite, ou celui dont la vie est un reproche?

Ohne den Inhalt des Werkes im einzelnen erzählen zu wollen, möchten wir doch mit kurzen Worten an ihn erinnern: Ein junger Mann erzählt darin, wie er nach einer freudlos verlebten Jugend die Bekanntschaft der durch Geist und Schönheit hervorragenden Mᵐᵉ de Mortsauf machte und von Liebe zu ihr ergriffen ward. Die Schilderung dieser Liebe zwischen

---

1) H. Koerting, Geschichte des französischen Romans im 17. Jahrhundert. Leipzig und Oppeln. 1885—87. 2 Bde.

ihm und Mme de Mortsauf, der Conflict zwischen Liebe und Pflicht im Innern dieser Frau, die den Geliebten nicht besitzen, aber doch auch ihn nicht verabschieden will, macht den Hauptinhalt des Buches aus. Der Stoff ist in echt romantischer Weise behandelt: die romantischsten Schilderungen finden sich zu wiederholten Malen. Führen wir einige an:

„Aussitôt je sentis une céleste odeur de myrrhe et d'aloës, un parfum de femme qui brilla dans mon âme comme y brilla depuis la poésie orientale'.

Oder:

Elle était, comme vous le savez déjà, sans rien savoir encore, le lys de cette vallée où elle croissait pour le ciel, en la remplissant du parfum de ses vertus. L'amour infini, sans autre aliment qu'un objet à peine entrevu dont mon âme était remplie, je le trouvais exprimé par ce long ruban d'eau qui ruisselait au soleil entre deux rives vertes, par des lignes de peupliers qui paraient de leurs dentelles mobiles ce val d'amour etc.'¹).

Der Gang der Handlung wird häufig, ähnlich wie in V. Hugo's „Notre-Dame de Paris', durch weitläufige Betrachtungen und Abschweifungen des Autors unterbrochen ²).

Als ein weiteres, überwiegend romantisches Werk Balzac's möge noch „La Peau de Chagrin' erwähnt werden. Finden wir in „Le Lys dans la Vallée' vielleicht hauptsächlich die Behandlung des Stoffes romantisch, so liegt in „La Peau de Chagrin' das Romantische vorwiegend schon im Stoffe selbst. Den Inhalt der Erzählung bilden die Schicksale des jungen Valentin, welcher durch einen Trödler in den Besitz eines Stückchens Thierhaut gelangt, dem die Eigenschaft innewohnt, seinem Besitzer jeden Wunsch zu erfüllen. Nach der Erfüllung jedes neuen Wunsches aber verkleinert sich das Stückchen Haut etwas, und der Besitzer kommt seinem Tode ein entsprechendes Quantum Tage näher; mit dem Verschwinden des letzten Stückchens Haut ist auch der letzte Lebenstag Valentin's dahin. Gewiss einer der seltsamsten und romantischsten Vorwürfe für eine Erzählung, deren Handlung sich im modernen Paris abspielt!

---

1) Die beiden Stellen finden sich in der zweibänd. Brüsseler Ausgabe von 1836 (Ad. Wahlen) I, p. 37 und 43.
2) Zu vergleichen unter anderm I, p. 222 ff.; II, 79. 87. 93. 164.

Die Liste der hierher gehörigen Werke lässt sich leicht
erweitern, wenn wir nur Balzac's Criminalromane in Betracht
ziehen, die an romantischer Erfindung, Verwicklung und
Spannung mit denen von A. Dumas dem Ältern wetteifern, so
beispielsweise ‚La dernière Incarnation de Vautrin'.

Wenn nun trotzdem ein jetztlebender Realist, wie Émile
Zola, dem alles das, was im gewöhnlichen Leben als unmöglich
erscheint, auch für die Erzählung als ausgeschlossen gilt, auf
Balzac zurückzugehen behauptet, und fast auf jeder Seite seiner
kritischen Schriften auf ihn als auf seinen Meister und Lehrer
hinweist, so geschieht das unserer Ansicht nach zum Teil mit
Recht, denn trotz all seiner Romantik ist Balzac in mehr als
einer Weise auch Realist gewesen.

Wir haben ‚Le Lys dans la Vallée' genannt und an diesem
Roman den Nachweis zu führen gesucht dafür, dass sein Verfasser mit Recht ein Romantiker genannt werden könne. ‚Le
Lys dans la Vallée' gehört dem Cyclus der ‚Scènes de la vie de
province' an, einer Unterabteilung des Gesammt-Cyclus ‚La
Comédie Humaine'. Die Untersuchung eines andern Romans
aus demselben Cyclus, der ‚Eugénie Grandet' führt uns zu ganz
anderen Ergebnissen. Auch hier hat Balzac den Stoff dem
Leben seiner Zeit entnommen, aber dieser Stoff ist schon an
und für sich realistischer als der des ‚Lys dans la Vallée', von
dem der ‚Peau de Chagrin' gar nicht zu reden.

Indem wir auch bei ‚Eugénie Grandet', dem vielleicht be-
kanntesten unter den Romanen Balzac's, von einer ausführlichen
Inhaltsangabe absehen, wollen wir nur daran erinnern, wie der
Autor in seiner Erzählung, die in der kleinen Provinzialstadt
Saumur spielt, die Schicksale eines jungen Mädchens, Eugénie
Grandet, schildert, welches unter der Geldsucht ihres Vaters,
des père Grandet, so zu leiden hat, dass sie allem, was das
Leben ihr bieten könnte, entsagen muss, und dass ihre ganze
Existenz nur als ein Opfer erscheint, welches der leidenschaft-
lichen Habsucht ihres egoistischen Vaters gebracht wird. Das
Interesse des Verfassers in psychologischer Beziehung wendet
sich vorzugsweise den beiden genannten Personen, dem alten
Grandet und seiner Tochter, zu. Überschwänglichkeit liegt hier

der Behandlung des einfachen Thema's und der Schreibweise fern. Die Erzählung geht in ruhiger, klarer, gleichmässiger Weise vorwärts; die Charaktere sind eingehend geschildert und zeigen in der Behandlung ihrer Entwicklung Sorgfalt und Consequenz; der Boden der Wirklichkeit wird nie verlassen, — was aber am allerwesentlichsten: der Autor, der sich allerdings hier und da durch Ausrufe und Betrachtungen bemerklich macht[1]), vermeidet doch die grösseren Abschweifungen, die in seinem ‚Lys dans la Vallée' so viel Raum einnehmen, und seine Schreibweise zeigt, wenn man sie mit der vergleicht, die dem Verfasser in dem ebengenannten Werk eigen ist, überraschende Einfachheit. Schon die Art und Weise wie Balzac uns in seine Erzählung einführt, weist in mancher Beziehung auf die eben erwähnten Verschiedenheiten hin; wir wollen zur besseren Vergleichung die einleitenden Sätze auch der ‚Eugénie Grandet' hier anführen:

Il se trouve dans certaines villes de province des maisons dont la vue inspire une mélancolie égale à celle que provoquent les cloîtres les plus sombres, les landes les plus ternes ou les ruines les plus tristes. Peut-être y a-t-il à la fois dans ces maisons et le silence du cloître, et l'aridité des landes, et les ossements des ruines: la vie et le mouvement y sont si tranquilles qu'un étranger les croirait inhabitées, s'il ne rencontrait tout à coup le regard pâle et froid d'une personne immobile, dont la figure à demi monastique dépasse l'appui de la croisée au bruit d'un pas inconnu. Ces principes de mélancolie existent dans la physiognomie d'un logis situé à Saumur, au bout de la rue montueuse qui mène au château, par le haut de la ville. Cette rue, maintenant peu fréquentée, chaude en été, froide en hiver, obscure en quelques endroits, est remarquable par la sonorité de son petit pavé caillouteux, toujours propre et sec, par l'étroitesse de sa voie tortueuse, par la paix de ses maisons, qui appartiennent à la vieille ville et que dominent les remparts.

Wir sehen, dass der Autor hier, statt wie in ‚Le Lys dans la Vallée' sich in allgemeinen Betrachtungen zu ergehen, gleich nach den ersten einleitenden Worten zu einer genauen, eingehenden Schilderung des Schauplatzes seiner Erzählung übergeht. In derselben eingehenden Weise schildert er dann auf

---

[1] Zu vergleichen in der Ausgabe von C. Lévy, Paris 1879, p. 35. 77. 92. 124.

den nächsten Seiten die Häuser der alten Stadt Saumur, dann den alten Grandet selbst, seine Verhältnisse, seine Umgebung, seine Wohnung u. s. w., überall durch eingehendes Studium, durch scharfe Beobachtung aller Einzelheiten bei Personen und Sachen uns mit seinem Stoffe bekannt und vertraut machend[1]). Auch in ‚Le Lys dans la Vallée' finden wir oft ein eingehendes Studium solcher Einzelheiten, also gewissermassen eine Hinneigung zum Realismus[2]), nur mit dem Unterschied, dass hier der Autor, wie wir es auf S. 8 schon andeuteten, in weit höherem Grade Betrachtungen und Abschweifungen in die Erzählung und Beschreibung hineinbringt und infolgedessen nicht eine so rein realistische Wirkung ausübt. Wie er uns nun in ‚Eugénie Grandet' ein Haus, ein Gemach im einzelnen beschreibt, so führt er uns ebenso in die Charaktere seiner Menschen ein[3]). Gerade ein Roman wie ‚Eugénie Grandet' kann uns als Beispiel dafür dienen, wie Balzac dem inneren Leben des Menschen in seinen Einzelheiten nachgeht; gerade durch die Betonung dieser Einzelzüge tritt er in einen Gegensatz zu den Romantikern; mit Recht sagt Pellissier (in dem Anm. 1 angeführten Buch, p. 253):

> Si ses personnages sont la plupart du temps mûs par une seule passion, l'analyse de cette passion comporte pour ce physiologiste *une foule de détails que négligeait l'idéalisme, habitué à voir dans l'homme un pur esprit.*

So unterlässt Balzac es nicht bei der Schilderung des Geizhalses Grandet zu zeigen, wie dessen Geiz bei jedem Anlass hervortritt, der sich im täglichen Leben, im Verkehr mit der Umgebung bietet, wie er alle anderen Gefühle ertötet, so dass

---

1) Sainte-Beuve, Causeries du Lundi, Paris 1858, II, p. 455: lorsque ... il plaçait dans un roman ces masses d'objets, qui, chez d'autres, eussent ressemblé à des inventaires, c'était *avec couleur et vie*, c'était avec amour. Les meubles qu'il décrit ont quelque chose d'animé; les tapisseries frémissent. Il décrit trop, mais *le rayon tombe* en général *là où il faut*. — Zu vergl. auch: Pellissier, le mouvement littéraire au 19e siècle, Paris 1889, p. 252.

2) Vgl. p. 37,38. 45. 49. 57 ff. 61. 68 u. a.

3) Sainte-Beuve, Lundis, II, p. 456: Les caractères, M. de B. excelle à les poser; il les fait vivre, il les creuse d'une façon indélébile.

beispielsweise Grandet einen Brief, den sein Bruder kurz vor seinem Selbstmord an ihn geschrieben, ruhig falten und in die Tasche stecken kann, um sich seiner Umgebung, an die er sich dann mit einer gleichgiltigen Frage wendet, nicht zu verraten [1]. So darf uns denn ‚Eugénie Grandet' als ein Beweis dafür gelten, dass Balzac in mancher Weise mit Recht ein Realist genannt werden kann. Die Liste der Erzählungen Balzac's, in denen er uns mehr als Realist, denn als Romantiker erscheint, lässt sich leicht erweitern; so möchte denselben vor allen der bekannte Roman ‚La Cousine Bette' beizuzählen sein, in welchem das Leben einer Courtisane, Mme Marneffe, geschildert wird, die durch ihre Ränke das Glück mehrerer Familien zerstört. Die Lebenswahrheit solcher Personen wie des Père Grandet und der Mme Marneffe, die einerseits dem wirklichen Leben entnommen, andrerseits in allen einzelnen Charakterzügen sorgfältig beobachtet und gezeichnet sind, ist es vor allem, die

---

[1] a. a. O. p. 65; zu vergl. ist hier auch, was Taine u. a. O. p. 116 ff. sagt, wo er u. a. Harpagon und Grandet vergleicht. Als weitere Stellen, die zur Charakteristik des alten Grandet dienen, in denen mit Sorgfalt wieder und wieder der Grundzug seines Charakters betont wird, greifen wir heraus:

S. 15: Ses seules dépenses connues étaient le pain bénit, la toilette de sa femme, celle de sa fille, et le payement de leurs chaises à l'église; la lumière, les gages de la grande Nanon, l'étamage de ses casseroles; l'acquittement des impositions, les réparations de ses bâtiments et les frais de ses exploitations.

S. 35: Les quatre ou cinq louis offerts par le Hollandais ou le Belge acquéreur de la vendange Grandet formaient le plus clair des revenus annuels de madame Grandet. Mais quand elle avait reçu ses cinq louis, son mari lui disait souvent, comme si leur bourse était commune: — As-tu quelques sous à me prêter?

S. 114: *Eugénie*: Mais que va devenir mon cousin Charles? *Grandet*: Il va partir pour les grandes Indes, où, selon le voeu de son père, il tâchera de faire fortune. *Eug.*: Mais a-t-il de l'argent pour aller là? *Grand.*: Je lui payerai son voyage ... jusqu'à ... oui, jusqu'à Nantes....... *Eug.*: Maman, nous dirons des neuvaines pour lui. J'y pensais, répondit la mère. C'est cela, toujours dépenser de l'argent! s'écria le père. Ah ça, croyez-vous donc qu'il y ait des mille et des cents ici?

Balzac als einen Autor hinstellt, der späteren Realisten als nachahmenswert erscheint und auf den sie als auf ihren Meister hinweisen.

Weiterhin trägt hierzu bei, dass Balzac der erste bedeutende Romanschreiber war, der sich in seinen Stoffen fast ausschliesslich im 19. Jahrhundert bewegte. Die Romane seines grossen Cyclus ‚La Comédie Humaine' spielen im Frankreich der ersten Hälfte unseres Jahrhunderts, also während der Lebenszeit Balzac's. Mit Recht sagt deshalb Sainte-Beuve in dem Aufsatz, den er ihm nach seinem Tode widmete [1]), von ihm:

> M. de Balzac fut bien un peintre de moeurs de ce temps-ci, et il en est peut-être le plus original, le plus approprié et le plus pénétrant. De bonne heure, il a considéré ce 19e siècle comme son sujet, comme sa chose; il s'y est jeté avec ardeur et n'en est point sorti.

Und eins darf an dieser Stelle nicht unerwähnt bleiben, wenn Balzac's Bedeutung für den Realismus gekennzeichnet werden soll: Balzac gibt uns nicht nur moderne Menschen in moderner Zeit, er ist auch ein vorzüglicher Kenner und Darsteller der Lebensbedingungen und -grundlagen dieser modernen Menschen; die materiellen Voraussetzungen im Leben und in der Gesellschaft finden bei ihm ausführliche Berücksichtigung. Hören wir, was Litterarhistoriker und Kritiker unserer Zeit darüber sagen:

> Ç'a été la grande révolution accomplie par Balzac dans le roman que d'y avoir fait entrer les préoccupations de la vie matérielle.
> So Brunetière, le roman naturaliste, Paris 1883, p. 258.

In ähnlicher Weise und mit mehr Ausführlichkeit drückt sich Faguet in seinen ‚Études sur le 19e siècle'[2]) aus:

> Voilà le réalisme chez Balzac: une vue exacte et forte des choses, la connaissance très complète des classes moyennes de la société, *l'intelligence pénétrante des conditions* nouvelles dans lesquelles ces classes s'élancent et se pressent en se heurtant à l'assaut des jouissances matérielles, ou seulement du droit de vivre.

---

1) Sainte-Beuve, Causeries du Lundi, II, p. 443.
2) Zu vergl. das S. 6 angeführte Werk p. 430.

Vor allem das Geld, diese so mächtige Triebfeder unserer Handlungen, spielt in Balzac's Erzählungen eine bedeutende Rolle. So sagt Taine¹):

> ... il comprit que l'argent est le grand ressort de la vie moderne. Il compta la fortune de ses personnages, en expliqua l'origine, les accroissements et l'emploi, balança les recettes et les dépenses et porta dans le roman les habitudes du budget. Il exposa les spéculations, l'économie, les achats, les ventes, les contrats, les aventures du commerce, les inventions de l'industrie, les combinaisons de l'agiotage.

Und gerade dadurch, dass Balzac auf wichtige Äusserlichkeiten unseres Lebens, auf materielle Triebfedern unseres Handelns einen so hohen Wert bei der Schilderung seiner Menschen legt, zeigt er einen realistischen Fortschritt gegenüber realistischen Werken früherer Zeiten; seine Personen haften deshalb mehr am materiellen Boden, als beispielsweise die der Romane des 18. Jahrhunderts.

Wir erwähnten, dass die Realisten eine Darstellung des Lebens in der Vielseitigkeit seiner Stände, Berufsklassen u. s. w. anstrebten; auch hierin ist Balzac schon zu den Realisten zu zählen. Mit Recht weist wieder Taine darauf hin, wie den Handwerkern, den Gewerbtreibenden, den Provinzialen endlich eine Rolle zuerteilt worden ist, die der Wirklichkeit entspricht:

> Jadis les gens de métier et de province n'étaient que des grotesques, exagérés pour faire rire ou négligemment esquissés dans un coin du tableau. Balzac les décrit sérieusement; il s'intéresse à eux: ce sont ses favoris, et il a raison, car il est là dans son domaine. Ils sont l'objet propre du naturaliste. Ils sont les espèces de la société, pareilles aux espèces de la nature. Chacune d'elles a ses instincts, ses besoins, ses armes, sa figure distincte. Le métier crée des variétés dans l'homme, comme le climat crée des variétés dans l'animal; l'attitude qu'il impose à l'âme, étant constante, devient définitive u. s. w.²).

---

1) H. Taine, nouveaux essais de critique et d'histoire, p. 54. — Zu vergl. weiter: E. Engel, Psychologie der französischen Litteratur. Wien und Teschen, 1884. p. 294.

2) a. a. O. p. 98. — Zu vergl. auch Faguet u. a. O. p. 436.

Eine grosse Rolle spielt in Balzac's Werken auch der Adel, dessen Lebensgewohnheiten er eingehend schildert; vielleicht weniger treu als die der niedern Stände und des Volkes [1]).

Aus alledem können wir entnehmen, dass hauptsächlich eins Balzac zu einem Autor macht, der den Namen eines Realisten verdient: seine Beobachtungsgabe, wie sie in der Schilderung des innern und äussern Menschen, seiner Umgebung, seiner Lebensverhältnisse bei ihm zu Tage tritt. Mit Recht darf daher unseres Erachtens Faguet am Schluss seines Aufsatzes über Balzac [2]) sagen:

Il a eu un grand souci de la vérité, et a été, un peu sans le savoir et un peu sans le vouloir, le restaurateur du réalisme en France.

Führt er dann fort:

Le bon et le mauvais réalisme, et le vrai et le faux, il a fondé tout cela, un peu au hasard;

und sagt er an einer andern Stelle [3]):

Balzac est un réaliste dans l'observation des choses et des faits matériels, trop souvent un romanesque dans l'invention des aventures. Dans la conception des caractères il est l'un et l'autre...

so wird hier auf des Autors ganz verschiedene Art und Weise zu arbeiten hingewiesen, die es eben bewirkt, dass er mit Recht ein Romantiker und mit Recht ein Realist genannt werden kann. Diese Vielseitigkeit Balzac's, die von Litterarhistorikern mehrfach hervorgehoben worden ist [4]), ist nicht etwa so aufzufassen, als ob sein Romantizismus und sein Realismus zeitlich geschiedene Äusserungen oder Geschmacksrichtungen seines künstlerischen Könnens gewesen seien, so dass er sich vielleicht im Lauf seines Lebens nach und nach von der einen ab- und der andern zugewandt hätte. Trotzdem ist diese Verschiedenartigkeit Balzac's kein litterarisches Rätsel für uns: sie stellt nur [5]) zwei gleichzeitig vorhandene Seiten seiner schöpferischen Kraft dar. Haben wir Romane Balzac's wie ‚Le Lys dans la

---

1) Zu vergleichen, was Faguet hierüber a. a. O. p. 413 ff. ausführt.
2) a. a. O. p. 451.
3) a. a. O. p. 438.
4) So u. a. bei Brunetière, in dessen ‚Roman naturaliste' p. 139.
5) Wie Faguets oben citirte Worte vielleicht schon andeuten.

Vallée' oder ‚La Peau de Chagrin', die wir vorwiegend romantisch, andere wie ‚Eugénie Grandet' oder ‚La Cousine Bette', die wir vorwiegend realistisch nennen möchten, so fehlt es auch nicht an solchen, in denen beide Elemente zur Geltung kommen. Ein solcher ist beispielsweise ‚La Femme de trente ans', ein Buch, das in seinen ersten drei Vierteln eine ausführlich durchgearbeitete psychologische Studie darbietet, in seinem letzten Viertel aber fast in einen Abenteuerroman ausläuft, jedenfalls von Dingen berichtet, die uns für die betreffenden Zeitverhältnisse — die Erzählung spielt im ersten Drittel des 19. Jahrhunderts — schwer möglich erscheinen [1]. Natürlich macht sich bei Balzac häufig der Einfluss des Stoffes geltend, so dass naturgemäss da, wo dieser Stoff schon realistisch ist, auch die Behandlung eine realistischere sein wird; das gilt vorzugsweise von Balzac's Stil, auf dessen Verschiedenheiten wir schon bei Besprechung der einzelnen Romane des Autors hinwiesen: je mehr er in seinen Werken das Alltagsleben, die einfacheren Verhältnisse und die niedern Stände, die jeder täglich vor Augen hat, behandelt, desto mehr trifft er auch in seiner Schreibweise den sachgemässen Ausdruck [2].

Es ist nun für unsere Untersuchung wesentlich, zu betonen, dass Balzac's Realismus, der, wie wir sahen, eine Periode seines künstlerischen Schaffens nicht darstellt, auch keineswegs als ein realistisches System aufzufassen ist. Allerdings hat Balzac das Bestreben gehabt, das Leben naturgemäss zu schildern, allerdings kann man von einer physiologischen Auffassung der socialen Zustände bei ihm sprechen [3]), durchaus nicht hat er aber eine realistische Richtung anbahnen wollen, wie sie etwa Zola und seine Schüler heute vertreten. Dass von einem derartigen Wollen, von einem derartigen System nicht die Rede

---

1) Zu vergl. auch Sainte-Beuve, Lundis, p. 458. 459.
2) Zu vergleichen, was S. 24 über Balzac's Styl gesagt ist.
3) Sainte-Beuve, Causeries du Lundi, II, p. 449: B. se piquait d'être physiologiste, et il l'était certainement, bien qu'avec moins de rigueur et d'exactitude qu'il ne se l'imaginait; mais la nature physique, la sienne et celle des autres, joue un grand rôle et se fait sentir continuellement dans ses descriptions morales.

ist, beweist eben das Ergebnis der Untersuchung seiner Werke
selbst, die Verschiedenartigkeit der Stoffe und ihrer Behandlung, die wir — sogar in ein und demselben Werk — feststellen konnten. Sagt Zola in seinem Werk „Les Romanciers
naturalistes'¹) von Balzac:

> Balzac, dans ses chefs-d'oeuvre: Eugénie Grandet, les Parents
> pauvres, le Père Goriot, a donné ainsi des pages d'une nudité magistrale, où son imagination s'est contentée de créer du vrai. Mais,
> avant d'en arriver à cet unique souci des peintures exactes, il s'était
> longtemps perdu dans les inventions les plus singulières, dans la recherche d'une terreur et d'une grandeur faussées;

so können diese Worte unseres Erachtens nur so aufgefasst
werden, als ob Balzac ein Realist geworden und zu der Zeit,
in der er Romane wie „Eugénie Grandet' schrieb, bei dem
„unique souci des' peintures exactes' angelangt gewesen sei.
Wie wenig das richtig, beweist schon die eine Thatsache, dass
der Autor ein Werk wie „Le Lys dans la Vallée' nach „Eugénie
Grandet' geschrieben hat. Ganz entgeht dies auch wohl
Zola nicht; darauf deuten vielleicht die Worte hin, die er den
oben citirten folgen lässt:

> et l'on peut même dire que jamais il ne se débarrassa tout à
> fait de son amour des aventures extraordinaires ...

Versuchen wir es jetzt, in einigen Worten das über Balzac
Gesagte zusammenzufassen und seine Bedeutung für den Realismus im französischen Roman in Kürze zu kennzeichnen:

Honoré de Balzac (1799—1850) verfasste eine Reihe von
Erzählungen, deren Schauplatz vorwiegend das Frankreich der
ersten Hälfte unseres Jahrhunderts ist. In der Blütezeit des
Romantizismus schaffend, steht er selbst auf dem Boden
dieses Romantizismus und hat in vielen seiner Werke diesen
Boden kaum verlassen. In vielen andern aber zeigt er, in
Stoff und Behandlung des Stoffes, in seinem Eingehen auf die
Äusserlichkeiten, auf die materiellen Grundlagen des modernen
Lebens, in seinem sorgfältigen Studium des innern Menschen,
schon so sehr die Eigentümlichkeiten des Realismus, dass er,
obwohl die Absicht, die Realisten späterer Jahrzehnte auf die

---
1) Ém. Zola: Les Romanciers naturalistes, 3e éd., Paris 1881, p. 138.

Wege zu lenken, die sie eingeschlagen haben, bei ihm nicht vorlag[1]), und von einem realistischen System in seinen Werken überhaupt nicht gesprochen werden kann, vielleicht nicht mit Unrecht der Begründer des französischen realistischen Romans des 19. Jahrhunderts genannt wird, sicher aber als der Ausgangspunkt der realistischen Richtung anzusehen ist.

Gehen wir jetzt zu dem Schriftsteller über, den man häufig den Vertreter des französischen modernen Realismus im eigentlichen Sinne genannt hat, und der, schon zeitlich, zwischen Balzac und den jetzt lebenden Realisten als das Bindeglied erscheint, zu Gustave Flaubert[2]).

Flaubert ist in mehr als einer Beziehung eine originelle Erscheinung in der französischen Litteratur der Neuzeit: zunächst, weil er erst verhältnismässig spät zu schreiben begann: 1821 geboren, liess er 1857 (also 7 Jahre nach Balzac's Tod) im Alter von 36 Jahren sein erstes Werk erscheinen; dann, weil die Zahl seiner Schöpfungen eine so sehr begrenzte war, wenn man sie mit der seiner Zeitgenossen, Balzac's, G. Sand's, Dumas' oder auch mit der Daudet's und Zola's vergleicht. Flaubert schrieb 6 Romane, einen Band Novellen und ein Lustspiel.

Gleich Balzac war auch Flaubert eine vielseitige Natur, wenn auch in etwas anderm Sinne: auch er war keineswegs

---

1) Faguet sagt mit Recht in den S. 15 angeführten Worten: et a été *un peu sans le savoir et un peu sans le vouloir*, le restaurateur du réalisme en France.

2) Zu vergleichen von wichtigeren Hülfsmitteln etwa: Zola, Les Romanciers naturalistes, 3. Auflage, Paris 1881, p. 125—221. M. Ducamp, Souvenirs littéraires, 2 vol., Paris 1882. 83. Brunetière, Le Roman naturaliste, Paris 1883, p. 135—196. Lettres de G. Flaubert à G. Sand, précédées d'une étude par Guy de Maupassant, Paris 1884. Desprez, l'Evolution naturaliste, Paris 1884, p. 19—66. Flaubert, Correspondance, 1e série, Paris 1887; 2e série, Paris 1889. P. Bourget, Essais de psychologie contemporaine, Paris 1889, p. 113—176. Spronck, Les artistes littéraires, Paris 1889, p. 239—297. Hennequin, Études de critique scientifique: Quelques écrivains français, Paris 1890, p. 1—68. Die vielen Aufsätze über Flaubert, die sich in französischen Zeitschriften, z. B. in der Revue des Deux Mondes, vorfinden, hier namhaft zu machen, würde uns zu weit führen.

durch und durch Realist, wie vielfach irrtümlich angenommen worden ist; vor allem in seinen Stoffen nicht. Eine kurze Übersicht über seine Werke kann uns darüber aufklären:

1857 erschien seine ‚Madame Bovary', eine Erzählung, deren Schauplatz ein kleiner Ort der Normandie in der Regierungszeit Louis Philippe's ist. Der Roman erzählt das Leben einer jungen Frau, die, unbefriedigt in ihren Lebensverhältnissen, die Bahn des Verbrechens betritt, mehr und mehr ihre Pflichten vernachlässigt, herabsinkt und schliesslich, da sie keinen Ausweg mehr sieht, sich das Leben nimmt.

Der 1862 erschienene Roman ‚Salammbô' behandelt die Zustände in Karthago während des Söldner-Aufstandes, der sich an den ersten punischen Krieg anschloss.

Das nächste Werk Flaubert's war ‚L'Éducation sentimentale': es erschien 1869 und schildert die Erlebnisse eines jungen Mannes während seiner Entwicklungszeit und die Einflüsse seiner Erziehung auf ihn; es spielt grösstenteils in Paris, die Zeit ist die vor und während der 1848er Revolution.

Die 1874 veröffentlichte ‚Tentation de Saint-Antoine' geht, wie der Titel schon andeutet, von der alten Legende aus, und giebt dieser eine erweiterte Fassung [1]).

1881 wurde aus Flaubert's Nachlass die unvollendete Erzählung ‚Bouvard et Pécuchet' herausgegeben; sie schildert uns, wie zwei Pariser Copisten sich zusammen auf das Land zurückziehen, sich wissenschaftlich beschäftigen, eine Wissenschaft nach der andern betreiben, von der Gartenbaukunst bis zur Philosophie, und schliesslich, nachdem sie sich noch an der Erziehung zweier Waisenkinder versucht, unbefriedigt und verzweifelt zu ihrem alten Beruf zurückkehren.

---

1) Maupassant in seiner Vorrede zu den ‚Lettres de G. Flaubert' p. 22: Reprenant la vieille légende des tentations du solitaire, il l'a fait assaillir non plus seulement par des visions de femmes nues et de nourritures succulentes, mais par toutes les doctrines, toutes les croyances, toutes les superstitions où s'est égaré l'esprit inquiet des hommes. C'est le défilé colossal des religions escortées de toutes les conceptions étranges, naïves ou compliquées, écloses dans les cerveaux des rêveurs, des prêtres, des philosophes, torturés par le désir de l'impénétrable inconnu.

Diese flüchtige Übersicht über Flaubert's Romanstoffe zeigt uns seine Doppelnatur, die bald auf modernem, französischen Boden steht, bald sich ferngelegenen Zeiten und Ländern zuwendet, und neben der Alltäglichkeit unseres Daseins uns die phantastischen Seiten der Romantik vor Augen führt. Flaubert als Mensch, den wir erst seit einigen Jahren kennen [1]), ist recht eigentlich die Personificirung des Kampfes zwischen einer mächtigen, an die Romantiker erinnernden Phantasie und einer ruhigen, klaren Beobachtungsgabe [2]). Flaubert litt an diesem Widerspruch oder Gegensatz, wie seine Biographen uns berichten, Zeit seines Lebens. Sie erzählen uns, wie seine Natur ruhig, langsam, sogar schwerfällig in ihren körperlichen Bewegungen wie im Denken und künstlerischen Hervorbringen war; so lernte er erst spät, im 9. Jahre, lesen, und die Zeit, die er auf seinen Roman ‚Madame Bovary' verwendete, betrug 5 Jahre [3]). Wir wissen andrerseits, wie er für die Romantiker schwärmte, Hugo und Th. Gautier vergötterte und sich an Chateaubriand's Rhetorik geradezu berauschte [4]). Wir wissen, dass er bei der Schilderung eines Inventars oder einer Zimmerausstattung sich der Fülle des Materials, das sich in seinem Kopfe drängte, nicht erwehren konnte, während er andrerseits an einem einzigen Satz Tage, Nächte lang stilistisch feilte [5]).

Die Haupteigenschaften, die Flaubert zu einem Realisten machen, sind diejenigen, welche wir schon bei Balzac vorfanden; sie gipfeln ebenso wie bei letzterem in der Kunst der Beobachtung: das genaue, peinliche Eingehen auf die Eigen-

---

1) Zu vergleichen die S. 18 angeführten Werke, vor allem Ducamp's ‚Souvenirs littéraires', Maupassant's Einleitung zu Flaubert's ‚Lettres à G. Sand' und Flaubert's Correspondenz.

2) Bourget, Essais de psychologie contemporaine, p. 160: . . . parmi les contradictions dont souffrit Flaubert, une des plus pénibles fut celle qui faisait se rencontrer en lui, et se combattre, deux personnages antagonistes: un poète romantique et un savant.

3) Maupassant a. a. O. p. 2.

4) Bourget a. a. O. p. 117 ff., 128 ff.

5) Vgl. Zola, Romanciers naturalistes, p. 213.

tümlichkeiten des inneren Menschen, die Sorgfalt in der Schilderung der Entwicklung der Charaktere, die ausführliche Analyse jedes menschlichen Gefühls, jeder Leidenschaft, in ihrer Entstehung und Entwicklung, weiterhin die ebenso genaue Beachtung und Beobachtung der Umgebung des Menschen, der Verhältnisse, in denen er aufwächst, und die seine Entwicklung beeinflussen müssen, und aller Eigentümlichkeiten des Alltagslebens, das sind die Punkte, die in Betracht kommen, wenn wir von Flaubert als von einem Realisten sprechen. Gerade die Analyse des innern Menschen in ihrer, man möchte sagen physiologischen und anatomischen Art, mahnt auffallend an die Weise der Balzac'schen Beobachtung. Die Ähnlichkeit ist eine so grosse, dass zwei französische Litterarhistoriker, von denen der eine Balzac, der andere Flaubert charakterisiren will, fast dieselben Worte — wie wohl anzunehmen, unabhängig von einander — gebrauchen. So sagt Saint-René Taillandier in einer Besprechung Flaubert's [1]):

Ce n'est pas de la psychologie, c'est de la physiologie. Il dissèque et froidement étale ses dissections. Voici les os, les muscles, les nerfs; de ce côté-ci est le cerveau, de l'autre le viscère du coeur.

Und Taine [2]) charakterisirt Balzac mit folgenden Ausdrücken:

Au lieu de peindre, il *disséquait* . . . . il tournait autour d'eux (gemeint sind seine Personen) patiemment, pesamment, en *anatomiste*, levant un *muscle*, puis un *os*, puis une veine, puis un *nerf*, n'arrivant au *cerveau* et au *coeur* qu'après avoir parcouru le cercle entier des organes et des fonctions.

Naturgemäss muss bei Flaubert's S. 20 geschilderter Beanlagung sein Realismus vorzugsweise in den Werken liegen, in denen schon der Stoff ihn mehr realistisch zu arbeiten aufforderte; also vor allem in Erzählungen wie ‚Madame Bovary' und ‚L'Éducation sentimentale'[3]). Hört man ersteres Werk

---

1) Revue des Deux Mondes 15. Febr. 1863.
2) a. a. O. p. 65.
3) Die bekannten Schilderungen aus ‚Mme Bovary' kennzeichnen die Art und Weise des Flaubert'schen Realismus in mehr als einer Beziehung, so z. B. die Preisvertheilung bei Gelegenheit der ‚Comices', in der Charpentier'schen Ausg. p. 164—166.

häufig das Meisterstück des Realismus[1] nennen, so geschieht das unseres Erachtens deshalb, weil gerade in diesem Buch Flaubert als Realist besonders originell erscheint; denn nicht nur finden wir gerade in ‚Madame Bovary' Balzac's realistische Art hervorragend vertreten, nein auch die Weiterbildung des Realismus über Balzac hinaus veranschaulicht bei Flaubert kein anderes Werk in so vielseitiger Weise. Wir werden daher meistens dieses bekannteste Werk Flaubert's zur Grundlage unserer Beobachtungen machen.

Eine Weiterentwicklung im Vergleich zu Balzac, und gerade eine Weiterentwicklung realistischer Natur ist bei Flaubert zunächst auf formalem Gebiet zu constatiren. Flaubert hatte den Grundsatz — und äusserte ihn häufig[2] —, dass ein Autor nirgends in seinem Werke hervortreten dürfe. Diesen Grundsatz hat er, wie in all seinen Werken, so auch in ‚Madame Bovary', aufs strengste und peinlichste zu befolgen gesucht: nirgends unterbricht die Persönlichkeit des Autors den Lauf der Erzählung; mit grosser Sorgfalt ist alles zu vermeiden gesucht, was auf ihn hinweisen könnte. Der Unterschied zwischen ihm und Balzac ist sehr bemerkenswert; man braucht nicht einmal an die Schöpfungen dieses Schriftstellers, die mehr dem Romantizismus angehören, zu erinnern — dort ist er geradezu auffallend; er zeigt sich auch schon, wenn man ein Werk wie ‚Eugénie Grandet' mit ‚Madame Bovary' vergleicht. So sehr ein Roman, wie der erstgenannte, in seiner Ruhe und Objectivität gegen andere Romane Balzac's absticht, dem aufmerksamen Leser kann nicht entgehen, wie sehr gerade in dieser Beziehung Flaubert noch ein Fortschritt möglich gewesen ist.

Und der eben besprochene Gegensatz zwischen Balzac und Flaubert ist nicht der einzige formaler Natur, den wir zwischen den beiden finden. Formal, d. h. in Bezug auf Schreibweise, Ausdruck, Wahl der Wörter, Composition stehen beide Autoren in jeder Beziehung in einem Gegensatz zu einander;

---

1) Vgl. Brunetière u. a. O. p. 54.
2) Zu vergl. Zola a. a. O. p. 128 ff.

der grösste Abstand zwischen ihnen liegt gerade auf diesem Gebiete[1]).

Balzac hat es, trotz allem Feilen und Ändern[2]), nie dahin bringen können, in der Schreibweise, im Stil etwas tüchtiges zu leisten; darin kommen alle seine Kritiker, so sehr sie sonst auseinander gehen, überein; führen wir die Urteile wenigstens einiger hier an. Brunetière[3]) nennt Balzac ‚l'un des pires écrivains qui jamais aient tourmenté cette pauvre langue française' und sagt weiterhin:[4]) ‚Le romancier qui se mettrait à l'école de Balzac, je ne vois pas le profit qu'il en pourrait tirer'. Taine[5]) nennt Balzac's Stil ‚pénible, surchargé' und gibt[6]) eine ganze Reihe von Proben, um das Schwülstige dieses Stils durch Beispiele zu illustriren, u. a. folgende: ‚Nulle créature du genre féminin n'était plus capable que mademoiselle Sophie Gamard de formuler la nature élégiaque de la vieille fille' und ‚Telle était la substance des phrases jetées en avant par les tuyaux capillaires du grand conciliabule femelle'. Taine führt auch die beiden ersten Sätze aus ‚Eugénie Grandet' an[7]), und zwar mit Recht, so sehr sie auch schon gegen die eben angeführten und viele andere aus Balzac's Werken sich klar und nüchtern ausnehmen.

Faguet sagt da, wo er von Balzac's Stil spricht[8]): ‚Tout le monde tombe d'accord que Balzac écrivait mal. Il n'y pas à redresser l'opinion sur ce point' und[9]) ‚Quand il parle en son nom, dans ses réflexions, ses dissertations, ses analyses, ses tableaux, ses récits importants et *soignés*, il est malaisé de dire

---

1) Vgl. Zola, Romanciers naturalistes, p. 214: Je citerai encore une phrase que Flaubert écrivait dernièrement à un ami: ‚J'ai beaucoup aimé Balzac, mais le désir de la perfection m'en a détaché peu à peu'.
2) Vgl. Sainte-Beuve a. a. O. p. 457.
3) a. a. O. p. 139.
4) a. a. O. p. 140.
5) a. a. O. p. 59.
6) a. a. O. p. 80 ff.
7) s. p. 82.
8) a. a. O. p. 448.
9) a. a. O. p. 449.

à quel point il est mauvais. Il a exactement le style dont se servent les mauvais plaisants pour parodier le style romanesque'. Auch er giebt eine Reihe von Beispielen, u. a. auch den Anfang des „Lys dans la Vallée'.

Émile Zola [1]) endlich drückt sich ähnlich wie Faguet über Balzac's Styl aus: „le pis est qu'il écrivait d'autant plus mal qu'il cherchait d'avantage la couleur. Il faut expliquer ainsi les phrases alambiquées, les tournures extraordinaires, l'enflure qu'on lui reproche'.

Was Balzac's Nachlässigkeit in der Composition eines Werkes anlangt, so sei es erlaubt, auf das zu verweisen, was S. 16 über seinen Roman „La Femme de trente ans' gesagt wurde. Sainte-Beuve [2]) nennt Balzac geradezu den „auteur de tant de romans bien commencés et mal finis'.

Wir erlaubten uns hier noch einmal auf Balzac zurückzugreifen, um den Gegensatz, der in Beziehung auf die Form zwischen ihm und Flaubert besteht, klarer veranschaulichen zu können; er ist, wenn auch Balzac in seinen mehr realistischen Werken klarer und natürlicher wird, ein erheblicher; kehren wir, um dies genauer zu erweisen, jetzt zu Flaubert zurück.

Dieser legte auf die Vollendung seiner Werke in der Form, auf die Klarheit der Composition, des Satzbaus, des Ausdrucks, das grösste Gewicht. Hören wir, wie sich darüber der ihm befreundete Maupassant [3]) ausdrückt:

> S'il attachait une importance considérable à l'observation et à l'analyse, il en mettait une plus grande encore dans la composition et dans le style. Pour lui, ces deux qualités surtout faisaient des livres impérissables. Par composition, il entendait ce travail acharné qui consiste à exprimer l'essence seule des actions qui se succèdent dans une existence, à choisir uniquement les traits caractéristiques et à les grouper, à les combiner de telle sorte qu'ils concourent de la façon la plus parfaite à l'effet qu'on voulait obtenir, mais non pas à un enseignement quelconque.

---

1) Les Romanciers naturalistes p. 47.
2) Chroniques Parisiennes. Lévy'sche Ausg. Paris 1876. p. 270.
3) a. a. O. p. 13.

Flaubert las sich, wie wir wissen¹), häufig die einzelnen Sätze seiner Werke selbst laut vor, um jede Härte, jede Wiederholung, jedes überflüssige Wort entfernen zu können ²). Solche Werke, in denen die Kraft des Autors gegen das Ende hin erlahmte, hat er nicht geschrieben; er bleibt seinem Werk gegenüber stets derselbe; es würde schwer sein, in einem seiner Bücher eine Seite zu finden, die er flüchtig behandelt hätte.

Nannten wir S. 22 ‚Madame Bovary' diejenige Schöpfung Flauberts, in welcher der Realismus dieses Autors am meisten Balzac gegenüber eine Weiterbildung aufweise, so trifft dies vor allem in Bezug auf die Form dieses Werkes zu. In dem gewiss ausgedehnten Roman tritt uns die Sorgfalt im Satzbau, im Ausdruck, in der Wahl der Worte auf der letzten Seite ebenso entgegen wie auf der ersten.

Doch nicht nur formal, d. h. hier in dem Grundsatz, Werke zu schaffen, in denen der Autor mit seinen Gefühlen und Betrachtungen möglichst zurücktritt, und in dem weitern Grundsatz, in Composition, Satzbau, Ausdruck alles Überschwängliche zu vermeiden und Klarheit und Sorgfalt anzustreben, finden wir bei Flaubert einen realistischen Fortschritt. Noch in zweierlei Weise lässt sich in den schon durch den Stoff realistischen Werken dieses Schriftstellers unseres Erachtens ein solcher feststellen und zwar nirgends klarer als in der schon mehrfach genannten ‚Madame Bovary'.

Zunächst bekundet Flaubert einen Fortschritt darin, dass es ihm viel weniger um Gegensätze, um Antithesen zu thun ist, als Balzac. Die Antithese ist als eins der Mittel bekannt, durch welche der Romantizismus seine grossartigsten Erfolge errang. In wie ausgiebigem Masse z. B. Victor Hugo davon Gebrauch machte, davon zeugen ja fast alle seine Schöpfungen. Und

---

1) Zola, Romanciers naturalistes, p. 211.
2) Zola a. a. O. p. 134: il soigne jusqu'aux virgules, il met des journées, s'il le faut, sur une page pour l'obtenir telle qu'il l'a rêvée. Il poursuit les mots répétés jusqu'à trente et quarante lignes de distance. Il se donne un mal infini pour éviter les consonnances fâcheuses, les redoublements de syllabe offrant quelque dureté. Surtout il proscrit les rimes, les retours de fin de phrase apportant le même son ...

auch in Balzac's Werken finden sich starke Gegensätze verkörpert. So bilden einen solchen M. Hulot und seine Frau in ‚La Cousine Bette', der Vater seinen Töchtern gegenüber in ‚Le Père Goriot', ähnlich Vater und Tochter in ‚Eugénie Grandet'. Von einem derartigen Gegensatze ist in dem ganzen reichhaltigen Kreis von Personen, die uns Flaubert in ‚Madame Bovary' gibt, keine Rede. M. Bovary, seine Frau, ihre Liebhaber Rodolphe und Léon, der Apotheker Homais, der curé Bournisien sind sammt und sonders Personen, deren Gedankenkreis beschränkt, deren Anschauungen grösstenteils platt und banal genannt werden können. Überhaupt war es Flaubert gar nicht darum zu thun, interessante Menschen, Ausnahmenaturen zu schildern, wie das Balzac entschieden that¹) und thun wollte. Die Mittelmässigkeit vielmehr, die Beschränktheit der Menschen, ist in ‚Madame Bovary' überall das Objekt seiner Darstellung, und ähnlich verhält es sich mit dem andern Roman des Autors, der hier in Betracht kommt, mit der ‚Éducation sentimentale'. Und weil eben Flaubert keine Ausnahmenaturen, sondern gewöhnliche alltägliche Menschen schafft und schaffen will, ist er in höherem Grade Realist als Balzac. Mit Recht sagt der bekannte vor kurzem verstorbene Litterarhistoriker Édm. Schérer von einem seiner Romane²) ‚l'Éduc. sentim. se distingue par la vérité triviale et singulière des caractères'.

Dass Flaubert in dieser seiner Eigentümlichkeit von manchem seiner Kritiker Übertreibung vorgeworfen wird, — insofern nämlich, als behauptet worden ist, er habe es darauf abgesehen, überall die Mittelmässigkeit, Beschränktheit, Ignoranz der Menschen hervorzukehren³) — darf an dieser Stelle immerhin nicht

---

1) Zola a. a. O. p. 128: Ce qui tiraille presque toujours les romans de Balzac, c'est le grossissement de ses héros; il ne croit jamais les faire assez gigantesques; ses poings puissants de créateur ne savent forger que des géants.

2) Schérer, Édm., Études crit. sur la litt. contemp., IV, P. 1886, p. 301.

3) Bourget a. a. O. p. 135: Aussi Fl., qui se trouvait au supplice par la seule rencontre de la médiocrité imbécile et satisfaite, se complaisait-il à inventorier minutieusement toutes les ignorances et les misères morales des créatures manquées, dont il subissait, dont il *recherchait la bêtise*. — Vgl. auch Brunetière, Roman naturaliste. p. 72.

unerwähnt bleiben; es kann als Beweis dafür gelten, wie schwer es dem Autor wurde, wirklich objektiv zu sein. Der zweite Punkt, in dem uns Flaubert noch einen realistischen Fortschritt Balzac gegenüber aufzuweisen scheint, liegt in seiner Verwertung der Eigentümlichkeiten der Natur. Es ist wohl Brunetière's Verdienst, im Einzelnen für ‚Madame Bovary' nachgewiesen zu haben, wie der Verfasser die Natur zu Hilfe nimmt, um den einzelnen Vorgängen oder Situationen, die er beschreibt, mehr Lebendigkeit und ‚Wahrheit zu verleihen. Folgende Beispiele, die wir, hier Brunetière folgend[1]), aus dem Roman entnehmen, zeigen diese Eigentümlichkeit Flaubert's in treffender Weise:

> Une fois, par un temps de dégel, l'écorce des arbres suintait dans la cour, la neige sur les couvertures des bâtiments se fondait. Elle était sur le seuil, elle alla chercher son ombrelle, elle l'ouvrit. L'ombrelle, de soie gorge de pigeon, que traversait le soleil, éclairait de reflets mobiles la peau blanche de sa figure. Elle souriait là-dessous à la chaleur tiède, et *on entendait les gouttes d'eau, une à une tomber sur la moire tendue.*

Oder:

> Le ciel était devenu bleu, les feuilles ne remuaient pas; il y avait de grands espaces pleins de bruyères tout en fleurs, et des nappes de violettes s'alternaient avec le fouillis des arbres, qui étaient gris, fauves ou dorés, selon la diversité des feuillages. Souvent *on entendait sous les buissons glisser un petit battement d'ailes, ou bien le cri rauque et doux des corbeaux qui s'envolaient dans les chênes.*

Oder auch:

> La nuit douce s'étalait autour d'eux; des nappes d'ombre emplissaient les feuillages. Emma, les yeux à demi clos, aspirait avec de grands soupirs le vent frais qui soufflait. Souvent quelque bête nocturne, hérisson ou belette, se mettant en chasse, dérangeait les feuilles, ou bien on *entendait une pêche mûre qui tombait toute seule de l'espalier.*

Wir sehen, das Eigentümliche des Verfahrens liegt darin, dass Flaubert das jeder Jahres- und Tageszeit Besondere benutzt, um der betreffenden Situation das richtige Colorit zu verleihen. ‚Il s'agit', sagt Brunetière, ‚de trouver pour telle saison de l'année, pour telle heure du jour et de la nuit, l'indication

---
[1] a. a. O. p. 155. 156.

précise qui donne au vague d'une description générale l'accent de la personnalité. Les murmures d'une nuit de mai ne sont pas les bruits d'une journée d'octobre; le silence d'un midi d'août n'est pas le silence d'un minuit de décembre'.

Sollte hier der Einwand erhoben werden, dass derartige Schilderungen durchaus nicht neu seien, so liesse sich darauf erwidern, dass weniger in der absoluten Neuheit als in der Ausführlichkeit, der Betonung und der Wiederholung des Verfahrens bei Flaubert das eigentlich Realistische liegt.

Nachdem wir jetzt dem Realismus Flaubert's im Einzelnen nachzugehen versucht, müssen wir darauf hinweisen, wie dieser Realismus ein bewusster ist. Wenn auch bei dem genannten Autor, schon vermöge der Vielseitigkeit in seiner Beanlagung und Thätigkeit, die wir S. 18—20 erwähnten, von einem realistischen System noch immer nicht gesprochen werden kann, so ist doch zu betonen, dass da, wo Flaubert Realist ist und wo er realistischer erscheint als Balzac, dieser Realismus überall das Ergebnis seines Nachdenkens, seiner Reflexionen über die Kunst und deren Gesetze ist. Das zeigen zunächst in mehr als einer Weise seine Grundsätze und Anschauungen über die Form eines Kunstwerkes, das zeigen ferner die Eigentümlichkeiten, auf die wir soeben noch hinwiesen. Und wie dieser Schriftsteller ein in so hohem Grade bewusst, nach Grundsätzen schaffender Künstler war, so mussten bei ihm auch die Widersprüche und Gegensätze zwischen Phantasie und Beobachtung — von denen S. 5 die Rede gewesen — sich mehr in Gestalt eines Kampfes äussern und geltend machen [1]).

---

1) Dass Flaubert selbst nicht Realist genannt sein wollte, kann unseres Erachtens an der Thatsache, dass er ein Realist und kein Weiterbildner des Balzac'schen Realismus ist, nichts ändern; es ist hier vor allem auch in Betracht zu ziehen, dass der Realismus, gegen den er sich sträubte, ein eng begrenzter war; nur Champfleury und dessen Anhänger (s. Maupassant a. a. O.) kommen dabei in Betracht. Maupassant, der den Realisten folgendermassen definirt (a. a. O. p. 15): *Le réaliste est celui qui ne se préoccupe que du fait brutal sans en comprendre l'importance relative et sans en noter les répercussions*, hat nach dieser seiner Definition allerdings ein Recht, Fl. nicht einen Realisten zu nennen.

Versuchen wir, ähnlich wie wir es bei Balzac gethan, jetzt Flaubert's Bedeutung für den Realismus in einigen Worten zusammenzufassen:

Gustave Flaubert (1821—1880) veranschaulicht uns als Person und als Romanschriftsteller einen Gegensatz. Er geht von dem Romantizismus, in dessen Blütezeit er gross geworden, aus, und schreibt teils Erzählungen, die in entlegenen Zeiten und Gegenden sich abspielen, zum Teil sogar auf christliche Legenden zurückgreifen, teils solche, die das moderne französische Leben im 19. Jahrhundert widerspiegeln; in diesen letzteren bezeichnet er in verschiedener Beziehung eine Weiterbildung des Realismus seit Balzac. Gleich diesem sucht er, von der Beobachtung ausgehend, im genauen Studium der menschlichen Natur seine Hauptaufgabe; er geht der Entwicklung eines Charakters im Einzelnen nach, und verknüpft mit diesem Verfahren eine sorgfältige Beobachtung aller äusseren Lebensverhältnisse, deren Bedeutung für den Menschen und dessen Entwicklung er mit Geschick darzulegen weiss. Eine Weiterbildung über Balzac hinaus in realistischem Sinne zeigt er in seinen auf realistischen Stoffen beruhenden Romanen vor allem formal in seinen Grundsätzen über das Zurücktreten des Autors in dessen Werken speciell und über Composition, Satzbau, Ausdruck, Wortwahl im Allgemeinen, weiterhin inhaltlich in dem Bestreben, keine interessanten, keine Ausnahmenaturen und -Zustände, sondern Alltägliches zu schildern, und in der Betonung der Wichtigkeit, die die Hervorhebung der Äusserungen des Naturlebens in seinen verschiedenen Erscheinungsformen für die Schilderung der einzelnen Vorgänge und Situationen haben kann.

Es dürfte nicht ohne Interesse sein, jetzt, wo wir einen Teil der Entwicklung des realistischen Romans verfolgt, wo wir die Bedeutung Balzac's und Flaubert's für den Realismus zu kennzeichnen versucht haben, einen Blick auf die französische Litteratur um das Ende der siebziger Jahre (also zur Zeit des Todes Flaubert's) zu werfen, und uns mit der Frage zu beschäftigen, ob durch den Einfluss Balzac's und Flaubert's das Gesammtbild der französischen Litteratur verändert worden ist, ob die 30 Jahre, die seit Balzac's Tode verflossen, auch wirklich eine Verbreitung des Realismus gefördert haben oder nicht. Im Jahre 1850 stehen Victor Hugo, George Sand, Théophile Gautier, Al. Dumas der Ältere an der Spitze des französischen Romans. 1880 sind alle diese Autoren, mit Ausnahme Hugo's, gestorben, und die Romanschreiber, die in erster Reihe stehen, die bekanntesten Namen haben, sind fast alle mehr oder weniger Bearbeiter realistischer Stoffe in realistischer Weise. So verhält es sich mit Alphonse Daudet, Émile Zola, den Brüdern Goncourt, Hector Malot und andern. Von den Autoren, die wenig oder gar nicht von der realistischen Strömung berührt werden, wäre für diese Zeit, ausser Hugo, vor allem Octave Feuillet zu nennen.

Es würde uns zu weit führen, näher zu untersuchen, worin vielleicht doch bei Schriftstellern, wie Hugo und Feuillet, eine Beeinflussung durch den Realismus festzustellen sei. Immerhin möge erwähnt werden, dass von Hugo behauptet worden ist, seine „Misérables', ein 1862 erschienener Roman, zeigten derartige Einwirkungen[1]), wiesen darauf hin, dass ihr Verfasser sich den Einflüssen der Realisten nicht habe entziehen können; so ist auch in Bezug auf Feuillet gesagt worden, seine späteren Werke trügen ein realistischeres Gepräge als die ersten[2]), und schliesslich mag daran erinnert werden, dass man bei der 1876 verstorbenen G. Sand von einer mehr realistischen Periode ihrer Werke spricht, die auf die romantische gefolgt sei[3]).

Unsere Aufgabe besteht darin, wenigstens für einige der Autoren, die wir soeben Realisten genannt haben, die Wahrheit dieser Behauptung im Einzelnen nachzuweisen, und die Stellung, die sie in der realistischen Bewegung einnehmen, ins Auge zu fassen.

1) Ten Brink, J.: É. Zola und seine Werke. Übers. von Rahstede. Braunschw. 1887. p. 32.
2) J. Lemaître: Les Contemporains, 3e série, Paris 1889, p. 22. — Pellissier, le mouvement littéraire, p. 222. 223.
3) Ten Brink u. a. O. — Junker, Grundriss der Geschichte der franz. Litteratur, Münster 1889, p. 368, weist ebenfalls, wenn auch nur indirekt, darauf hin.

Die beiden bekanntesten Romanschriftsteller Frankreichs im Anfang der achtziger Jahre sind wohl Daudet und Zola. Sie behaupten, beide von Flaubert beeinflusst und dessen Schüler zu sein, müssen also vorzugsweise unser Interesse in Anspruch nehmen. Beschäftigen wir uns zunächst mit dem erstern [1].

Da es keineswegs in unserer Absicht liegen kann, eine Biographie Daudet's und eine genauere Inhaltsangabe seiner Romane zu geben, erinnern wir nur in aller Kürze daran, dass Alphonse Daudet, 1840 zu Nîmes geboren, gegen das Ende der sechziger Jahre, nachdem er vorher Gedichte, kleinere Erzählungen und Theaterstücke veröffentlicht, sich dem Roman zuwandte. 1869 erschien ‚Le petit Chose', 1874 das Werk, das seinen Namen mit einem Schlage in weiten Kreisen bekannt, man kann sagen in ganz Europa berühmt machte, der Roman Fromont jeune et Risler aîné. Seitdem hat Daudet eine lange Reihe von grösseren Erzählungen veröffentlicht, die fast alle das französische Leben zur Zeit des zweiten Kaiserreiches oder unter der dritten Republik behandeln.

Und damit ist schon gesagt, dass Daudet in seinen Stoffen durchaus Realist ist, mehr als Flaubert, auf dessen Vielseitigkeit in Bezug auf die Stoffe und Grundlagen seiner Erzählungen wir auf S. 19 hinwiesen. Ist Daudet, mit Flaubert verglichen, nun begrenzter in seinen Stoffen als Romanschreiber, so ist er wiederum vielseitiger in seinen Stoffen als Realist. Daudet geht in 'all seinen Romanen von der Realität aus. Sein ganzes Interesse ist auf seine Zeit, auf die Menschen, die ihn umgeben, gerichtet, und das Leben dieser Menschen sucht er insofern vielseitig zu schildern, als er, oft in ein und demselben Werk, eine ganze Reihe von Standes- und Berufsklassen uns vorführt. Hervorstechend ist beispielsweise diese Vielseitigkeit im ‚Nabab'. Dort erscheint durch den Duc de Mora (Morny), dessen Freunde und weitere Umgebung der Stand der Fürsten und der der

---

[1] Bibliographie: Ad. Gerstmann: Alph. Daudet, sein Leben und seine Werke bis zum Jahre 1883. 2 Bde. Berlin 1883. — Zola, Romanciers Naturalistes, p. 255—331. — Desprez, l'Évolution Naturaliste, p. 120—167. — Daudet, A., Trente ans de Paris. A travers ma vie et mes livres. Paris 1889. Souvenirs d'un homme de lettres, 1889. — Ausserdem viele Aufsätze in Zeitschriften.

Minister vertreten. Hemerlingue ist das Bild eines reichen Pariser Banquiers, in Félicia Ruys und ihrer Umgebung lernen wir die Künstlerkreise kennen, M. Joyeuse ist der Typus des Gehilfen in einem französischen Handlungshaus, und die ‚Mémoires d'un garçon de bureau', die in den Roman eingestreut sind, führen uns in das Leben des dienenden Personals in einem grossen Hause ein. Kaum minder reichhaltig in seiner Art ist der Personen-Cyclus des Romans ‚Jack'. Im Gegensatz dazu giebt uns Flaubert in denjenigen seiner Erzählungen, die überhaupt auf realistischer Grundlage ruhen, eng begrenzte Bilder: So in ‚Madame Bovary' das öde Gleichmass des Lebens in einem stillen kleinen Provinzort, in ‚L'Éducation sentimentale' fast nur einen kleinen Kreis durch Interessen verbundener Personen in dem Paris der vierziger Jahre.

Unterscheidet sich nun Daudet von Flaubert, wie wir sehen, einerseits dadurch, dass seine Romane stets auf realistischem Boden wurzeln, andrerseits dadurch, dass er in diesen Romanen weitere Kreise des Lebens in Betracht zieht, so tritt die Ähnlichkeit und die Verwandtschaft beider vorwiegend in der Behandlung der Stoffe zu Tage, in der Art und Weise nämlich, wie beide Beobachter sind. Die bekannteste Gestalt, die Flaubert geschaffen, ist Madame Bovary; das Wesen dieser Frau ist in all seinen grossen und kleinen Zügen innerlich und äusserlich so gezeichnet, dass es eben dadurch uns nach und nach immer klarer vor Augen tritt und sich uns fest einprägt; ebenso ist der Schauspieler Delobelle in Daudet's ‚Fromont jeune et Risler aîné', der mit aller Kunst der Charakteristik uns vorgeführt wird, dessen hervorstechende Eigenschaften uns nachdrücklich wieder und wieder entgegentreten, dessen ganzes Wesen wir im Lauf der Erzählung bis in alle Einzelheiten hinein kennen lernen, eine Gestalt geworden, die zu den bekannten in der neueren französischen Litteratur gehört [1]). So versäumt es der Autor nicht, wiederholt auf den Dünkel dieses Delobelle, der, fest auf sein vermeintliches Genie pochend, eine grosse Zukunft vor Augen zu sehen glaubt, hinzuweisen [2]),

---

1) Dies beweist schon der in Frankreich so oft gehörte Ausdruck ‚un Delobelle'.
2) Ausgabe von Charpentier p. 22 ff. 117 ff.

weiterhin ebenso auf dessen Rücksichtslosigkeit seiner Familie gegenüber, die ihn fast abgöttisch verehrt, mit ihm der Meinung ist, dass er auf seine Künstlerlaufbahn nicht verzichten dürfe, und durch ihre angestrengte Arbeit es ihm unterdessen ermöglicht, ein Faulenzerleben zu führen [1]; so wird auch sein theatralisches Gebahren, das sogar in den ernstesten Lebenslagen hervortritt, wiederholt gekennzeichnet [2]; kurz, jedes Auftreten dieses Mannes ist uns ein neuer Beitrag zur Kenntnis seiner äussern und innern Person. Ebenso deutlich wie der Zusammenhang des Autors mit Flaubert zeigt sich hier der mit Balzac; wir erinnern an die Schilderung des Père Grandet in 'Eugénie Grandet' (vergl. S. 11).

Doch weisen die Schilderungen Flaubert's und Daudet's in einer Beziehung einen grossen Unterschied auf.

Gehen beide Autoren von der Wirklichkeit aus, so bleibt Flaubert bei dieser Wirklichkeit, Daudet dagegen verlässt sie häufig wieder und greift in das Gebiet der Phantasie hinüber.

Aus einigen Beispielen, die wir den Romanen beider Autoren entnehmen, ist dies leicht zu ersehen. Vergegenwärtigen wir uns noch einmal eine der S. 27 angeführten landschaftlichen Schilderungen aus Flaubert's 'Madame Bovary' und vergleichen wir damit folgende aus Daudet's 'Nabab' [3]:

Vous est-il arrivé, promeneur solitaire et contemplatif, de vous coucher à plat-ventre dans le taillis herbeux d'une forêt, parmi cette végétation particulière poussée entre les feuilles tombées de l'automne, variée, multiple, et de laisser vos yeux errer au ras de terre devant vous? Peu à peu le sentiment de la hauteur se perd, les branches croisées des chênes au-dessus de vos têtes forment un ciel inaccessible, et vous voyez une forêt nouvelle s'étendre sous l'autre, ouvrir ses avenues profondes pénétrées d'une lumière verte et mystérieuse, formées d'arbustes frêles ou chevelus terminés en cimes rondes avec des apparences exotiques ou sauvages, des houppes de cannes à sucre, des grâces roides de palmiers, des coupes fines retenant une goutte d'eau, des girandoles portant de petites lumières jaunes que le vent souffle en passant.

---
1) Ausgabe von Charpentier p. 22 ff. 179 ff. 267.
2) p. 260. 272. 330.
3) p. 331. 332.

In beiden Schilderungen fällt die Kraft der Beobachtung auf, die Kunst, auch das geringste so in den Kreis dieser Beobachtung zu ziehen, dass es das Gesammtbild in seiner Stimmung vervollständigt, und doch ist ein wesentlicher Unterschied zwischen beiden Autoren nicht zu verkennen. Flaubert giebt in objectiver Weise nur ein Bild der Natur, die er vor sich sieht, ohne Zuthaten seinerseits, und lässt dieses Bild durch sich selbst wirken. Daudet wendet sich in dem angeführten Beispiel von vornherein an den Leser, geht dann von der Beobachtung der wirklichen Natur aus, lässt aber darauf seiner Phantasie freies Spiel, indem er die Vegetation eines Waldbodens in der Nähe von Paris mit der der Tropen vergleicht. Auch Flaubert stellt in seinen Schilderungen Vergleiche an, doch dehnt er sie nicht aus und sie haben nur den Zweck das Geschilderte zu erläutern und deutlicher zu machen. So z. B. in folgenden Sätzen [1]):

> La lune, toute ronde et couleur de pourpre, se levait à ras de terre, au fond de la prairie. Elle montait vite entre les branches des peupliers, qui la cachaient de place en place, comme un rideau noir, troué. Puis elle parut, éclatante de blancheur, dans le ciel vide, qu'elle éclairait; et alors, se ralentissant, elle laissa tomber sur la rivière une grande tache, qui faisait une infinité d'étoiles; et cette lueur d'argent semblait s'y tordre jusqu'au fond à la manière d'un serpent sans tête couvert d'écailles lumineuses. Cela ressemblait aussi à quelque monstrueux candélabre, d'où ruisselaient, tout du long, des gouttes de diamants en fusion. La nuit douce s'étalait autour d'eux . . . . .

Kehren wir zu Daudet zurück. Noch in ganz anderer Weise lassen sich Beispiele aus seinen Werken anführen, wo er in der Erzählung den Boden der Wirklichkeit verlässt und in das Gebiet der Phantasie hinüberschweift. In „Tartarin de Tarascon" beschreibt er eine Postfahrt Tartarin's in Algier [2]) mit folgenden Worten:

> Tartarin de Tarascon, aux trois quarts assoupi, resta un moment à regarder les voyageurs comiquement secoués par les cahots, et dansant devant lui comme des ombres falottes, puis ses yeux s'obscurcirent, sa pensée se voila, et il n'entendit plus que très vague-

---

1) Mme Bovary, Ausg. von Charpentier p. 219.
2) p. 167 der Ausgabe von Marpon et Flammarion.

ment geindre l'essieu des roues, et les flancs de la diligence qui se plaignaient . . .

  Subitement, une voix, une voix de vieille fée, enrouée, cassée, fêlée, appela le Tarasconnais par son nom: ,Monsieur Tartarin! Monsieur Tartarin!
  — Qui m'appelle?
  — C'est moi, monsieur Tartarin; vous ne me reconnaissez pas? . . . Je suis la vieille diligence qui faisait — il y a vingt ans — le service de Tarascon à Nimes . . .

und nun folgt ein langer Bericht, in dem der alte Postwagen von Tarascon von seinen Erlebnissen erzählt. Sollte hier vielleicht eingeworfen werden, dass der humoristische Charakter des ganzen Buches solche Abschweifungen rechtfertige oder verlange, so kann auf ein Kapitel von ‚Fromont jeune et Risler ainé' [1]) verwiesen werden, wo mitten in der Entwicklung der Erzählung der Autor uns eine Vision vorführt. Das Kapitel beginnt mit folgenden Worten:

  Libre à vous de ne pas y croire, moi je crois fermement au petit homme bleu. Non pas que je l'aie jamais vu; mais un poète de mes amis, en qui j'ai toute confiance, m'a raconté bien souvent s'être trouvé face à face, une nuit, avec cet étrange petit gnome, et voici dans quelles circonstances.
  Mon ami avait eu la faiblesse de faire un billet à son tailleur; et comme tous les gens d'imagination en pareil cas, sitôt sa signature donnée, il s'était cru débarrassé de sa dette et l'idée de son billet lui était sortie de l'esprit. Or il advint qu'une nuit notre poète fut réveillé en sursaut par un bruit singulier venu de sa cheminée. Il crut d'abord que c'était un moineau frileux cherchant la vapeur tiède du feu éteint, ou bien une girouette taquinée par le vent qui changeait. Mais au bout d'un moment le bruit s'étant accentué, il distingua très-bien le tintement d'un sac d'écus mêlé à je ne sais quel grincement de chaînette.
  En même temps, il entendait une petite voix aiguë comme le sifflet lointain d'une locomotive, claire comme un chant de coq, lui crier du haut du toit: ‚L'échéance! l'échéance'.

Den Zusammenhang mit der Wirklichkeit stellt dann Daudet folgendermassen her [2]):

  Pensez ce que vous voudrez de cette légende, voici dans tous les cas ce que je puis vous assurer pour appuyer le récit de mon poète,

---

1) p. 274.
2) p. 278.

c'est qu'une nuit vers la fin de janvier, le vieux caissier Sigismond, de la maison Fromont jeune et Risler ainé, fut réveillé .... par la même voix taquine ....

All diese angeführten Beispiele können uns ausserdem noch auf einen Unterschied aufmerksam machen, der zwischen den beiden Schriftstellern in der Form ihrer Werke besteht. Bei Flaubert ist jeder Satz, jeder einzelne Ausdruck sorgsam erwogen und durchdacht, von einem Zuviel, von einem Überfluss an Worten kann nicht die Rede sein. Bei Daudet dagegen drängt ein Ausdruck den andern, und seine Bilder und Vergleiche werden mit der grössten Ausführlichkeit behandelt[1]). Ist die Schreibweise Flaubert's massvoll, oft knapp und präzis, so ist die Daudet's uneingeschränkt und fliesst gewissermassen behaglich dahin.

Und das hängt mit dem Verhältnis zusammen, in welchem Daudet zu seinem Leser steht und stehen will. Sahen wir, dass Flaubert als Autor nirgends in seinem Werke hervorzutreten beabsichtigt, so machen wir bei Daudet gerade die entgegengesetzte Beobachtung. Dieser apostrophirt den Leser, unterhält sich förmlich mit ihm und sucht ihm Interesse für seine Gestalten abzugewinnen. Brunetière[2]) spricht sich über diesen Unterschied in folgenden Worten aus:

Ce peintre, gemeint ist Daudet, est né poète et ne l'a jamais oublié.

Loin d'affecter cette impassibilité dédaigneuse qu'affectent pour leurs personnages quelques-uns de nos romanciers contemporains, l'auteur de Mme Bovary par exemple, en vérité comme s'ils craignaient de paraitre dupes de leur propre imagination, M. Daudet vit et souffre avec eux.

Zum dritten Mal stehen wir jetzt vor dem Gegensatz, von dem wir (S. 5) behaupteten, dass er bei jedem Realisten auf dem Gebiete der Kunst in Frage kommen müsse, dem Gegensatz zwischen Beobachtung und Phantasie. Er erscheint bei Daudet aufgelöst. Denn ganz entgegengesetzt Flaubert, der

---

[1] Zu vergleichen sind hier besonders die beiden landschaftlichen Schilderungen auf S. 33 u. 34, wo die Häufung der Haupt- und Eigenschaftswörter bei Daudet gegen Flaubert's Knappkeit und Schärfe so sehr absticht.

[2] a. a. O. p. 92.

beständig fürchtet, seine Person und seine Phantasie könnten ihm hindernd in den Weg treten[1]), ist Daudet ein Autor, in dem sich Beobachtung und Phantasie verschmelzen[2]); von einem Kampf in ihm, von einer Furcht, die Phantasie könne der Wahrheit seiner Schilderungen Abbruch thun, ist nichts zu verspüren. Er ist so recht das Beispiel für einen Autor, der unter realistischen Einflüssen gross geworden und deshalb immer auf einer realistischen Grundlage arbeitet, immer von der Beobachtung, der genauen, peinlichen Beobachtung, ausgeht, dessen mächtige, nach der Seite der Phantasie hin überquellende Schaffenskraft aber, dessen Bestreben, den Leser zu packen, zu rühren, zu erheitern, überall den Dichter verrät.

Versuchen wir jetzt Daudet's Stellung zum Realismus mit einigen Worten zu charakterisiren.

Alphonse Daudet (geb. 1840), der Flaubert als seinen Lehrer anerkennt[3]), ist diesem verwandt in der Kunst durch sorgfältiges Studium des innern und äussern Menschen und der Natur, Gestalten und Schilderungen von grosser Lebenswahrheit zu schaffen. Er ist insofern in seiner Gesammterscheinung mehr Realist als Flaubert, als seine Romane sammt und sonders realistische Stoffe behandeln, auf realistischer Grundlage beruhen. Im Gegensatz zu den mehr realistischen Romanen Flaubert's zeigt er insofern grössere Vielseitigkeit, als er das menschliche Leben in grösserer Abwechslung der Stände und Berufsklassen vorführt. Eine wesentliche Abweichung von Flaubert, vom Realismus überhaupt, erkennen wir bei Daudet in der Art und Weise, in der er in seinen Romanen die Realität verlässt, teils durch Abschweifen im Einzelnen, Einfügung und Ausmalung von Vergleichen u. s. w., teils durch Einverleibung ganzer Kapitel rein imaginärer, phantastischer Natur in seine sonst auf dem Boden der Wirklichkeit stehenden Erzählungen, teils endlich durch das häufig wahrzunehmende Bestreben, den Leser an die Menschen, die er schildert, zu fesseln, ihn für sie

---
1) Vgl. S. 22.
2) Vgl. Lemaître, Les Contemporains, II, p. 296.
3) So nennt er ihn beispielsweise in der Widmung der ersten Ausgabe des „Jack'.

in Anspruch zu nehmen und zu erwärmen. Daudet muss somit unter den Autoren, die wir betrachtet haben, als derjenige gelten, bei dem die Persönlichkeit des schaffenden Künstlers sich am wenigsten verbirgt.

Eine Weiterentwicklung des Realismus als solchen, einen Fortschritt in dem Bestreben, der Natur sich zu nähern und sie auszunützen, bedeutet Daudet längst nicht in dem Grade wie Flaubert.

In ganz hervorragender Weise bedeutet eine solche Weiterentwicklung, einen solchen Fortschritt der Schriftsteller, den wir S. 30 unter den Realisten ebenfalls als in erster Reihe stehend nannten, Émile Zola, mit dem wir uns auf Grund der eben angeführten Behauptung noch zu beschäftigen haben.

Émile Zola[1]), wie Daudet 1840 geboren, veröffentlichte 1864 die Contes à Ninon, eine Reihe kleinerer Erzählungen, denen er in den nächsten Jahren einige Romane folgen liess. 1869 begann er seinen grossen Roman-Cyclus ‚Les Rougon-Macquart', dessen erster Band ‚La Fortune des Rougon' 1871 erschien. In weiteren Kreisen bekannt wurde der Autor erst nach Veröffentlichung des siebenten Bandes dieses Cyclus, der den Roman ‚L'Assommoir' enthält, eine Schilderung aus der Pariser Arbeiterwelt unter dem zweiten Kaiserreich. Seitdem erschienen noch eine ganze Reihe Romane des auf 20 Bände berechneten, jetzt der Vollendung entgegengehenden Cyclus.

Durchaus Realist ist Zola zunächst in seinen Stoffen. Seine Erzählungen spielen ausschliesslich im Frankreich der Neuzeit, fast immer in der Zeit des zweiten Kaiserreichs.

---

1) Bibliographie: Das ausführlichste Werk über Zola ist: J. ten Brink's S. 30 genanntes Buch. Eine chronologisch geordnete Aufführung seiner sämmtlichen Werke ist darin S. 8 gegeben. Über seine Person berichtet eingehend: P. Alexis: É. Zola, Notes d'un ami, Paris 1882; ausserdem M. Topin in ‚Romanciers Contemporains', Paris 1876. Vergl. auch noch: Desprez: Évolution Naturaliste, p. 177—261. — Edm. de Amicis: Souvenirs de Paris et de Londres. Trad. de l'italien par J. Colomb. Paris 1880. — O. Welten, Zolaabende bei Frau v. S. Eine kritische Studie in Gesprächen. Berlin 1883. — Hennequin: Quelques écrivains français, p. 69—104. Ausserdem natürlich die Zeitschriften.

Gleichwie bei Daudet, kommen bei ihm die verschiedensten Lebenskreise zur Behandlung. In seinen „Rougon-Macquart' schildert er fast in jedem Band eine andere, bestimmte Klasse von Menschen. In dem ersten dieser Romane, der oben erwähnten „Fortune des Rougon' wird das Leben der Bewohner einer kleinen Provinzialstadt im Süden Frankreichs beschrieben, in „Le Ventre de Paris' das Leben und Treiben in den Markthallen von Paris, in „L'Assommoir' die Welt der Pariser Arbeiter, in „Germinal' der Stand der Grubenarbeiter, in „L'Oeuvre' der der Künstler, und so fort.

Interessant als realistischer Schriftsteller ist Zola vor allen Dingen durch die Art und Weise, wie er auf Balzac und Flaubert fusst. Was zunächst seine Abhängigkeit von Balzac anbetrifft, so betont er selbst sie in all seinen kritischen Schriften zu wiederholten Malen. So sagt er am Schluss seines „Roman Expérimental'[1]) von Balzac:

Il suffit qu'il soit notre véritable père, qu'il ait le premier affirmé l'action décisive du milieu sur le personnage. qu'il ait porté dans le roman les méthodes d'observation et d'expérimentation.

Gerade in dieser „observation' ist der Einfluss Balzac's auf Zola unschwer zu erkennen; er liegt vor allem in der Fülle und der Vielseitigkeit bei der Beobachtung der uns umgebenden Gegenstände des gewöhnlichen, alltäglichen Lebens, unserer Kleidung, unserer Zimmerausstattungen, der Läden, in denen wir kaufen u. s. w. Zunächst haben beide Autoren die Fülle, die Anhäufung von Einzelheiten, deren Zweck ist, dem betreffenden Vorgang oder der betreffenden Situation die grösstmögliche Wahrheit zu verleihen, in ganz hervorragender Weise gemein. So haben wir bei Balzac die ausführliche Schilderung eines Hauses und Ladens auf den ersten Seiten der Eugénie Grandet, oder die Beschreibung eines Zimmers in „La Cousine Bette' (wo die Gemälde von 13 verschiedenen Malern aufgezählt werden) und diese Beispiele lassen sich leicht verzehn- und verhundertfachen. In ähnlicher Weise finden wir bei Zola in seinem „Ventre de Paris' eine bis in die kleinsten Einzelheiten gehende Schilderung der Pariser Markthallen, in „La Faute de l'abbé Mouret' eine ebenso ausführliche Beschreibung der Gewächse

---
1) 6ͤ éd. Paris 1887.

eines grossen Gartens und Parks, ‚le Paradou' genannt. Noch verwandter aber erscheinen uns Balzac und Zola, wenn man neben der Fülle die Vielseitigkeit des Details, das sie schildern, ins Auge fasst, ihre Kenntnis aller Berufsklassen, aller Handwerke, Gewerbe und Geschäfte mit ihren Instrumenten, Verkaufsgegenständen u. s. w. Man erkennt daraus, dass beide ein gründliches Studium der verschiedensten Beschäftigungen und Gewerbe sich zur Aufgabe gemacht haben, und das ist für Zola, der in dieser Beziehung noch weit über Balzac hinausgeht, ja auch erwiesen [1]). Der Einfluss Balzacs auf ersteren ist so gross, dass zwei verschiedene Kritiker, von denen der eine die betreffende Eigentümlichkeit bei Balzac, der andere sie bei Zola schildern will, sich ganz ähnlicher Ausdrücke bedienen. So sagt Taine von Balzac [2]):

> Il y avait en lui un archéologue, un architecte, un tapissier, un tailleur, une marchande à la toilette, un commissaire-priseur, un physiologiste et un notaire...

und Edmondo de Amicis drückt sich über Zola folgendermassen aus [3]):

> On apprend dans ses romans, comme dans des guides pratiques des arts et métiers, à travailler le fer, à repasser les chemises, à découper la volaille, à souder les gouttières, à servir la messe, à conduire une contredanse.

Wir haben hier also eine ähnliche Übereinstimmung zweier Kritiker in ihren Ausdrücken, wie wir sie S. 21 anführten, wo es sich um die Beeinflussung Flauberts durch Balzac handelte.

Doch nicht in der Fülle und in der Vielseitigkeit des Details der Schilderung allein liegt der Einfluss, den Balzac auf Zola ausgeübt hat; in der ganzen Art und Weise der Beobachtung des menschlichen Lebens ist Zola unseres Erachtens als ein Schüler Balzac's anzusehen, gerade wie Flaubert; wir verweisen, um uns nicht zu wiederholen, auf das, was S. 20 u. 21 gesagt worden ist; es gilt das dort angeführte für Zola gerade so wie für Flaubert.

---

1) Alexis a. a. O. p. 158.
2) a. a. O. p. 66.
3) a. a. O. p. 167.

Suchen wir jetzt die Einflüsse dieses Letzteren auf Zola festzustellen. Es wurde S. 27 darauf hingewiesen, auf wie feine Weise Flaubert die Eigentümlichkeiten der Natur zu verwerten weiss. Gerade hierin ist Zola als sein Schüler anzusehen: auch Zola macht sich ein gründliches Studium der Natur zur Aufgabe und sucht ähnlich wie Flaubert in der Mannigfaltigkeit des Naturlebens, in den Äusserungen desselben, die nach den Tages- und Jahreszeiten verschieden sind, Stoff zur Beobachtung. So haben wir beispielsweise im ‚Ventre de Paris', in dem uns der Autor schon auf der ersten Seite in die dem ganzen Buch eigentümliche Atmosphäre einführt, folgende Schilderung eines Teils der Halles Centrales, der Abteilung für den Verkauf der Fische [1]:

> L'hiver était rude: le verglas changeait les allées en miroirs, les glaçons mettaient des guipures blanches aux tables de marbre et aux fontaines. Le matin il fallait allumer de petits réchauds sous les robinets pour obtenir un filet d'eau. Les poissons, gelés, la queue tordue, ternes et rudes comme des métaux dépolis, sonnaient avec un bruit de fonte pâle.

Die Ähnlichkeit dieses Verfahrens mit dem Flauberts (s. die Beispiele auf S. 27) ist ersichtlich. Eine Erweiterung desselben erstrebt Zola und führt sie durch, indem er in viel hervorstechenderer Weise als Flaubert die Einwirkungen der Natur auf unsere Sinne im Einzelnen betont. Verfolgen wir die eben angeführte Stelle weiter:

> Jusqu'en février, le pavillon resta lamentable, hérissé, désolé, dans son linceul de glace. Mais vinrent les dégels, les temps mous, les brouillards et les pluies de mars. Alors, les poissons s'amollirent, se noyèrent; des senteurs de chairs tournées se mêlèrent aux souffles fades de boue qui venaient des rues voisines. Puanteur vague encor, douceur écoeurante d'humidité, trainant au ras du sol. Puis, dans les après-midi ardentes de juin, la puanteur monta, alourdit l'air d'une buée pestilentielle. On ouvrait les fenêtres supérieures, de grands stores de toile grise pendaient sous le ciel brûlant, une pluie de feu tombait sur les Halles, les chauffait comme un four de tôle; et pas un vent ne balayait cette vapeur de marée pourrie. Les bancs de vente fumaient.

---

[1] Ausg. v. Charpentier p. 155.

Wir sehen, Zola giebt hier die Einwirkungen eines Gegenstandes auf unseren Geruchssinn in verschiedenen Jahreszeiten, und zwar begnügt er sich nicht, wie Flaubert, mit einer kurzen Angabe, sondern er geht diesen Einwirkungen bis in's Einzelne nach; eben darin, und weiter auch noch in dem Umstand, dass er aus der Schilderung der Sinneseinwirkungen ein förmliches System macht, erkennen wir eine methodische Weiterbildung des sich an Flaubert anlehnenden Verfahrens. Dass hier wirklich von einer Methode die Rede sein kann, beweist schon der eine Roman Zola's ‚Le Ventre de Paris' fast auf jeder Seite; es sei nur noch an die Schilderung erinnnert, die sich auf S. 274—276 des Buches findet und ‚La symphonie des fromages' genannt worden ist.

Gehen wir, um die Wahrheit unserer Behauptung deutlicher nachzuweisen, vom Geruchsinn zum Gesichtssinn über, und führen wir auch hier einige Beispiele an.

Aus dem eben mehrfach genannten Roman, der, wie vielleicht kaum ein anderer, Belege von dem hervorgehobenen Verfahren Zola's giebt, seien hier die Schilderungen der Halles Centrales bei verschiedener Beleuchtung erwähnt, die sich hauptsächlich auf S. 29 und 37 finden. Auf letzterer heisst es:

> Elles flambaient dans le soleil. Un grand rayon entrait par le bout de la rue couverte, au fond, trouant la masse des pavillons d'un portique de lumière; et, battant la nappe des toitures, une pluie ardente tombait. L'énorme charpente de fonte se noyait, bleuissait, n'était plus qu'un profil sombre sur les flammes d'incendie du levant. En haut, une vitre s'allumait, une goutte de clarté roulait jusqu'aux gouttières, le long de la pente des larges plaques de zinc.

Weiterhin würden hier beispielsweise noch zu nennen sein die verschiedenen Beschreibungen der Stadt Paris in ‚Une page d'amour'. In diesem Roman schildert der Autor die Aussicht auf die Stadt von den Fenstern eines hochgelegenen Gebäudes der Vorstadt Passy aus, und zwar so, dass jeder grössere Abschnitt seiner Erzählung mit einer dieser — sehr ausgedehnten — Darstellungen schliesst, deren Verschiedenheit in den Unterschieden der Beleuchtung des Bildes beruht. Dieselben befinden sich p. 69—73, 147—149, 237—239, 403—404, 321—323.

Und noch in einer weiteren Beziehung erscheint Zola als ein Weiterbildner des Flaubert'schen Realismus, in der Wahl der zu schildernden Vorgänge und Situationen und des Ausdrucks, der Worte in seinen Schilderungen. Schon ‚Madame Bovary' hatte nicht zum wenigsten deshalb Aufsehen erregt, weil der Autor in unverblümter Weise Ausdrücke gebrauchte, Schilderungen gab, die bis dahin nicht, oder jedenfalls nicht in so hervorragender Weise, litterarisch gebräuchlich gewesen waren. In Bezug hierauf sagt Brunetière a. a. O. p. 229: ‚il est un point sur lequel M. Flaubert renchérit sur Balzac; c'est la verdeur du terme'. Noch viel weniger aber scheut sich Zola, Situationen und Vorgänge zu geben, die man bis dahin vermieden hatte und dieselben mit Worten zu beschreiben und auszumalen, die ihnen genau entsprechen. Hier im Einzelnen Beweise anzuführen, erscheint uns geradezu überflüssig, sie finden sich fast in jedem Kapitel der Werke dieses Schriftstellers, und fast jeder, der nur von Zola gehört, weiss, dass gerade diese Eigentümlichkeit die Kritik herausgefordert hat; wir wollen nur kurz darauf hinweisen, dass auch in der zweiten der S. 41 angeführten Stellen dieselbe, wenn auch vielleicht nicht gerade in besonders hervortretender Weise, sich feststellen lässt. Diese Eigentümlichkeit lässt sich in wenig Worten zusammenfassen: Zola sieht in seinen Romanen im Interesse der Naturwahrheit von jeder rein ästhetischen Rücksicht in Bezug auf die Stoffe seiner Schilderungen, auf Ausdruck, auf Wahl der Worte ab. Findet sich schon bei Flaubert die Eigentümlichkeit, in der Wahl des Ausdrucks offener und unverblümter zu sein, als das vor ihm Brauch gewesen, so darf dabei nicht vergessen werden, dass gerade ästhetische Gründe, vor allem sein Gefühl für das richtige Mass in der Schilderung, ihn eine gewisse Grenze nicht überschreiten liessen; darin, dass Zola von jeder derartigen Rücksicht energisch absieht, liegt hier der Unterschied zwischen den beiden Autoren, der somit unseres Erachtens ebenso gut ein principieller wie ein gradueller genannt werden kann.

Nicht zum wenigsten diese soeben besprochenen, von Zola durchgeführten Weiterbildungen des Realismus über Flaubert hinaus sind es, die dazu geführt haben, ersteren einen Naturalisten zu nennen, im Gegensatz zu Flaubert und Daudet als Realisten. Zola selbst nennt, im Gegensatz zu dieser Anschauung, nicht nur sich selbst einen naturalistischen Autor, sondern auch Flaubert, Daudet und Balzac. Eine scharfe Trennung der Begriffe realistisch und naturalistisch scheint uns, für den Augenblick wenigstens, kaum möglich; wir können in dem Naturalismus, den man auf Zola allein anwenden will, nichts anderes sehen, als eine Weiterbildung des Realismus in seinem eigensten Wesen und sprechen somit auch von Zola als von einem realistischen Schriftsteller.

Nachdem wir jetzt die Einwirkungen Balzac's und Flaubert's auf Zola betrachtet, nachdem wir gesehen, wie dieser besonders Flaubert's Eigentümlichkeiten in hervorragender Weise weiterentwickelt, muss es für uns von Interesse sein, Zola's Neuerungen auf dem Gebiet des Realismus in seinen kritischen Schriften kennen zu lernen.

Zola ist nicht nur als fruchtbarer Romanschriftsteller bekannt, er hat sich auch zu wiederholten Malen litterarisch-kritisch geäussert; wir verweisen auf die von Ten Brink gegebene Übersicht der Werke des Autors. Von diesen Äusserungen scheinen uns die wichtigsten: seine Vorrede zu dem Roman-Cyclus ‚Les Rougon-Macquart', sein ‚Roman Expérimental', seine Schrift ‚Du Roman', und seine ‚Romanciers Naturalistes'; sie enthalten sein ganzes litterarisches Programm.

Die Vorrede zu seinem Cyclus ‚Les Rougon-Macquart', den er ‚Histoire naturelle et sociale d'une famille sous le Second Empire' nennt, beginnt wie folgt:

> Je veux expliquer comment une famille, un petit groupe d'êtres, se comporte dans une société, en s'épanouissant pour donner naissance à dix, à vingt individus, qui paraissent, au premier coup d'œil, profondément dissemblables, mais que l'analyse montre intimement liés les uns aux autres. L'hérédité a ses lois, comme la pesanteur.
>
> Je tâcherai de trouver et de suivre, en résolvant la double question des tempéraments et des milieux, le fil qui conduit mathématiquement d'un homme à un autre homme.

Also um den Nachweis der Einflüsse, die die Vererbung einerseits, das Temperament und die Umgebung andrerseits auf den Menschen ausüben, ist es Zola vor allem zu thun; diese Einwirkungen will er uns an den Gliedern einer Familie zeigen. Der Gedanke, eine weitverzweigte Familie zum Gegenstand einer Erzählung, richtiger einer Reihe von einzelnen Erzählungen, zu machen, ist an und für sich nicht ganz neu; es braucht nur an Balzac's ‚Comédie Humaine' erinnert zu werden, wo die einzelnen Personen in den verschiedenen Bänden mehrfach wiederkehren; doch weist schon der Umstand, dass Balzac den Plan der ‚Comédie Humaine' erst fasste, als ein grosser Teil der Romane dieses grossen Cyclus schon geschrieben war [1], und dass diese Romane erst nachträglich in denselben einbezogen wurden, auf einen Unterschied zwischen ihm und Zola hin. Neu ist aber vor allem die Absicht, den Nachweis der Vererbung von Eigenschaften der Eltern auf die Kinder in einer Reihe von Erzählungen führen zu wollen.

Doch in der Vorrede zu den ‚Rougon-Macquart' kommt nur ein Teil von Zola's Grundanschauungen zur Sprache; ausführlicher verbreitet er sich über seine ganzen Bestrebungen in den drei S. 44 genannten Werken, die gewissermassen sein litterarisches Glaubensbekenntnis enthalten. In seinem ‚Roman Expérimental' stellt er das Programm auf für den Roman. Dort heisst es S. 1:

> Le retour à la nature, l'évolution naturaliste qui emporte le siècle, pousse peu à peu toutes les manifestations de l'intelligence humaine dans une même voie scientifique. Seulement, l'idée d'une littérature déterminée par la science, a pu surprendre, faute d'être précisée et comprise. Il me paraît donc utile de dire nettement ce qu'il faut entendre, selon moi, par le roman expérimental.
>
> Je n'aurai à faire ici — *fährt er dann fort* — qu'un travail d'adaptation, car la méthode expérimentale a été établie avec une force et une clarté merveilleuses par Claude Bernard, dans son ‚Introduction à l'étude de la médecine expérimentale'.

Er sucht sich also durchaus auf wissenschaftlich-medicinischen Standpunkt zu stellen; auch sagt er S. 2 ‚le plus souvent il me suffira de remplacer le mot médecin par le mot romancier pour rendre ma pensée claire et lui apporter la rigueur d'une vé-

---

[1] Der Titel ‚La Comédie Humaine' ist aus dem Jahr 1842. Vergl. Albert's S. 6 genanntes Buch, vol. II, p. 251.

rité scientifique'. Bespricht Claude Bernard die Unterschiede zwischen observation und expérimentation auf dem Gebiete der Physiologie, so sucht ihm Zola auf litterarischem Gebiete genau zu folgen; handelt es sich bei Cl. Bernard darum, zu untersuchen, inwiefern bei lebenden Körpern statt der ‚observation' die ‚expérimentation', die in Physik und Chemie üblich, zur Anwendung gelangen kann, so kommt es Zola darauf an zu ergründen, inwiefern es möglich ist im Roman, in der Erzählung, in Bezug auf die Methode diese ‚expérimentation' an Stelle der ‚observation' zu setzen. Die Fortschritte der Naturwissenschaft also, das ist der Grundgedanke, sollen auch dem Romanschreiber zu Gute kommen. Die ganze Schrift des Autors beruht mehr auf dem wiederholten Hinweis hierauf, als auf einer ins Einzelne gehenden Darstellung einer Methode; dass eine solche nicht gegeben werden wird, kann schon den Schlussworten der Einleitung entnommen werden. Sie lauten:

‚La médecine expérimentale qui bégaye peut seule nous donner une idée exacte de la littérature expérimentale qui, dans l'oeuf encore, n'en est pas même au bégayement'.

Es kann nicht in unserer Absicht liegen, Zola's Erörterungen insofern zu kritisiren, als wir in Erwägung ziehen, ob Anschauungen, Grundsätze, Theorien, wie die in Zola's ‚Roman Expérimental' hervortretenden, auf dem Gebiete der Kunst überhaupt Platz greifen dürfen; dies ist einzig und allein eine ästhetische Streitfrage, mit deren Lösung wir uns nicht zu beschäftigen haben [1]); von Interesse für uns ist es aber zu betonen, welche Wichtigkeit Zola der naturwissenschaftlichen Methode in ihrer Anwendung auf den erzählenden Künstler beimisst. Es sei uns gestattet noch einige Sätze aus dem Roman Expérimental hier wiederzugeben, in denen der Autor seine Anschauungen besonders hervorhebt oder zusammenfasst:

(S. 22) Le roman expérimental est une conséquence de l'évolution scientifique du siècle; il continue et complète la physiologie, qui ellemême s'appuie sur la chimie et la physique; il substitue à l'étude de

---

1) Ausführlich kritisirt werden Zola's Theorien u. a. in David-Sauvageot's ‚Le Réalisme et le Naturalisme dans la littérature et dans l'art'. Paris 1889.

l'homme abstrait, de l'homme métaphysique, l'étude de l'homme naturel, soumis aux lois physico-chimiques et déterminé par les influences du milieu; il est en un mot la littérature de notre âge scientifique, comme la littérature classique et romantique a correspondu à un âge de scholastique et de théologie. —
(S. 34) ... désormais, dans notre siècle de science, l'expérience doit faire la preuve du génie.
Notre querelle est là, avec les écrivains idéalistes. Ils partent toujours d'une source irrationnelle quelconque, telle qu'une révélation, une tradition ou une autorité conventionnelle. Comme Claude Bernard le déclare: ‚Il ne faut admettre rien d'occulte; il n'y a que des phénomènes et des conditions de phénomènes'. Nous, écrivains naturalistes, nous soumettons chaque fait à l'observation et à l'expérience; tandis que les écrivains idéalistes admettent des influences mystérieuses échappant à l'analyse, et restent dès lors dans l'inconnu, en dehors des lois de la nature.
(S. 46) Et le naturalisme, je le dis encore, consiste uniquement dans la méthode expérimentale, dans l'observation et l'expérience appliquées à la littérature.
(S. 52) Le romancier expérimentateur est donc celui qui accepte les faits prouvés, qui montre dans l'homme et dans la société le mécanisme des phénomènes dont la science est maîtresse, et qui ne fait intervenir son sentiment personnel que dans les phénomènes dont le déterminisme n'est point encore fixé, en tâchant de contrôler le plus qu'il le pourra ce sentiment personnel, cette idée à priori, par l'observation et par l'expérience.
(S. 53, Schlusssatz) En somme, tout se résume dans ce grand fait: la méthode expérimentale, aussi bien dans les lettres que dans les sciences, est en train de déterminer les phénomènes naturels, individuels et sociaux, dont la métaphysique n'avait donné jusqu'ici que des explications irrationnelles et surnaturelles.

Die angeführten Stellen können uns erkennen lassen, wie durchdrungen Zola von seiner Grundanschauung ist; er wiederholt dieselbe fortwährend, oft mit denselben Worten; ausserdem ist hier noch eins zu erwähnen: fast alle diese Stellen betonen den Gegensatz, in dem Zola zum Romantizismus und Idealismus steht, dem er offen den Krieg erklärt, und den er geradezu als nicht mehr existenzberechtigt hinstellt.

Wie wir in Zola's Roman Expérimental seine Anschauung über das Wesen des modernen Romans, richtiger gesagt, des Romans der Zukunft, kennen lernen, so treten uns in seiner Schrift ‚Du Roman' und in seinen ‚Romanciers Naturalistes' seine Anschauungen über die Eigenschaften, die der erzählende Künstler, der Romancier, haben soll, entgegen. Der Autor gibt uns in dem zweitgenannten Werk eine Reihe von Aufsätzen über realistische Romanschriftsteller, in denen neben den Grundanschauungen, die sich schon im Roman Expérimental vorfinden, vor allem zwei Gedanken hervortreten und wiederkehren, die in der Schrift ‚Du Roman' ausführlicher behandelt sind: Zola betont nämlich zwei Haupteigenschaften, die seiner Ansicht nach der Romanschriftsteller besitzen soll. Es sind dies 1. der ‚sens du réel', 2. die ‚expression personnelle'.

Er beginnt seine Schrift ‚Du Roman' [1]) wie folgt:

> Le plus bel éloge que l'on pouvait faire autrefois d'un romancier était de dire: ‚Il a de l'imagination'. Aujourd'hui, cet éloge serait presque regardé comme une critique. C'est que toutes les conditions du roman ont changé. L'imagination n'est plus la qualité maitresse du romancier.

Einige Seiten weiter [2]) heisst es alsdann:

> ‚Puisque l'imagination n'est plus la qualité maitresse du romancier, qu'est-ce donc qui l'a remplacée? Il faut toujours une qualité maitresse. Aujourd'hui la qualité maitresse du romancier est le sens du réel. ... Le sens du réel, c'est de sentir la nature et de la rendre telle qu'elle est'.

> ‚Cependant', *sagt er bald darauf*[3]), ‚voir n'est pas tout, il faut rendre. C'est pourquoi, après le sens du réel, il y a la personnalité de l'écrivain. Un grand romancier doit avoir le sens du réel et l'expression personnelle'.

Als erstes, hervorragendstes Beispiel für einen Autor, dem die expression personelle eigen ist, führt Zola dann seinen Zeitgenossen A. Daudet an. Nachdem er ausgeführt, wie Daudet, von der Realität ausgehend, doch seinen Schöpfungen ein eigenes, besonderes Leben verleiht [4]), sagt er:

> Le charme de M. Alphonse Daudet, ce charme profond qui lui a valu une si haute place dans notre littérature contemporaine, vient de la *saveur* originale qu'il donne au moindre bout de phrase. Il ne

---

1) Dieselbe befindet sich in demselben Band wie der ‚Roman Expérimental', p. 206—286.
2) p. 208.
3) p. 212.
4) p. 215.

peut conter un fait, présenter un personnage, sans se mettre tout
entier dans ce fait ou dans ce personnage, avec la vivacité de son
ironie et la douceur de sa tendresse. On reconnaîtrait une page de
lui entre cent autres, parce que ses pages ont une vie à elles. C'est
un enchanteur, un de ces conteurs méridionaux qui jouent ce qu'ils
content, avec des gestes qui créent et une voix qui évoque. Tout
s'anime sous leurs mains ouvertes, tout prend une couleur, une odeur,
un son. Ils pleurent et ils rient avec leurs héros, ils les tutoient, les
rendent si réels, qu'on les voit debout, tant qu'ils parlent.

Nachdem wir so, den litterarisch-kritischen Schriften Zola's
folgend, seine wesentlichsten Grundanschauungen, wie wir sie
in denselben über den Roman und die Romanschriftsteller
finden, hervorzuheben versucht, können wir nicht umhin, auf
einen Widerspruch hinzuweisen, den unseres Erachtens Zola's
Theorie aufweist, und den zu berühren uns gerade die soeben
citirten Worte, mit denen er Daudet charakterisirt, Veranlassung
geben. Womit, fragen wir, ist gerade die ‚expression personnelle' bei Daudet eng verknüpft? Worauf beruht sie fast?
Worauf weisen solche Ausdrücke Zola's wie ‚vivacité de son
ironie — enchanteur — conteur ‚méridional' hin? Unseres
Erachtens vorwiegend auf Daudet's Phantasie, auf jene ‚imagination', die Zola, wie wir sahen, verurteilt und als abgethan
betrachtet. Das hat niemand mehr betont als Zola selbst.
In seinen ‚Romanciers naturalistes' finden wir einen Aufsatz
über Daudet, wo er sich mit ähnlichen Worten, wie die
oben angeführten, über ihn äussert, dann aber hinzufügt [1]):
Son imagination est sa faculté maîtresse, et tout ce qu'il a ob-
servé passe par elle avant d'arriver au lecteur.... Là, en somme,
est son originalité, le secret de sa séduction'. Wir müssen hier
einen Widerspruch sehen, und dieser Widerspruch steht unserer
Meinung nach in Zusammenhang mit dem schon gelegentlich
der Besprechung Balzac's, Flaubert's und Daudets erwähnten
Gegensatz zwischen der Phantasie des realistisch schaffenden
Künstlers und seinem Drang nach absoluter Naturwahrheit.
An der einen Stelle, wo er realistische Principien aufstellt, verurteilt Zola die ‚imagination', die in die Zeit der Romantiker

---

1) p. 262.

zu verweisen sei, und verkennt, wieviel von der ‚expression personnelle' gerade in der ‚imagination' liege, an der andern Stelle, wo es ihm vorwiegend auf eine Würdigung Daudet's als Künstler, als Romanschriftsteller ankommt, spricht er offen aus, dass sein Hauptverdienst in seiner ‚imagination' liege. Sehen wir hier eine gewisse Unklarheit in Zola's Auseinandersetzungen, so finden wir mehr Klarheit bei ihm in der Beurteilung seines eigenen Wollens und Könnens. Dafür, dass er sich der Rolle, welche die sich vordrängende Phantasie bei ihm spielt, bewusst ist, dass diese Phantasie — seiner Ansicht nach — in einer Art und Weise bei ihm zur Geltung kommt, dass seine Werke darunter leiden, dafür sind seine eigenen Worte Beweis. In seiner Schrift ‚Du Roman', die wir oben genannt und untersucht, kommt er auf das Masshalten bei Beschreibungen zu sprechen und sagt[1]): ‚Gustave Flaubert est le romancier qui jusqu'ici a employé la description avec le plus de mesure'. Nachdem er sich über diesen Punkt näher ausgesprochen, fährt er fort:

    Nous autres, pour la plupart, nous avons été moins sages, moins équilibrés. La passion de la nature nous a souvent emportés, et nous avons donné de mauvais exemples, par notre exubérance, par nos griseries du grand air.

Von sich selbst sprechend, weist er dann auf die fünf ausführlichen Beschreibungen der Stadt Paris hin[2]), die sich in seinem Roman ‚Une page d'amour' finden und die ihm, selbst von Freunden, vorgeworfen seien. ‚Certes' sagt er[3]) ‚je ne défends pas mes cinq descriptions.... nous ne cédons presque jamais au seul besoin de décrire; cela se complique toujours en nous d'intentions symphoniques et humaines'. Er beschliesst seinen Aufsatz mit folgenden Worten:

    Dans un roman, dans une étude humaine, je blâme absolument toute description qui n'est pas, (selon la définition donnée plus haut,) un état du milieu qui détermine et complète l'homme. J'ai assez péché pour avoir le droit de reconnaître la vérité.

---

1) p. 231.
2) p. 232.
3) p. 233.

Doch scheint uns die Bedeutung, die bei Zola die Phantasie hat, durchaus nicht in seiner ‚description' allein zu liegen. Es ist schon mehrfach von Kritikern darauf hingewiesen, dass bei ihm insofern die Phantasie vorwiegend im Vordergrund steht, als er bei jedem einzelnen Werk von einer Idee ausgeht, die dann dieses ganze Werk beherrscht, nicht aber von der Realität, der Wirklichkeit in der Weise, wie es etwa Daudet thut, dessen Erzählungen eher den Eindruck machen, als ob die Personen in jeder einzelnen von ihnen erst in ihren Hauptzügen aufgefasst und geschildert und dann erst in einer Handlung mit einander verbunden worden seien. Das Verhältnis beider Autoren in dieser Beziehung kennzeichnet der schon citierte Kritiker Lemaître [1]) in folgender Weise.

> Si l'on compare M. Daudet avec M. Zola, on verra que c'est M. Daudet, qui est le romancier naturaliste, non M. Zola; que c'est l'auteur du ‚Nabab' qui *part* de l'observation de la réalité et qui est comme possédé par elle, tandis que l'auteur de ‚L'Assommoir' ne la consulte que lorsque son siège est fait, et sommairement et avec des idées préconçues. L'un *saisit* des personnages réels, et presque toujours singuliers, *puis cherche* une action qui les relie tous entre eux et qui soit en même temps le développement naturel du caractère ou des passions des principaux acteurs. L'autre veut peindre une classe, un groupe, qu'il connaît en gros, et qu'il se représente d'une certaine façon avant toute étude particulière; il *imagine* un drame très simple et très large, où des masses puissent se mouvoir et où puissent se montrer en plein des types très généraux. Ainsi M. Zola *invente beaucoup plus qu'il n'observe* ....

Für viele Romane Zola's lässt sich die Idee, die ihnen zu Grunde liegt, leicht erkennen. In ‚L'Assommoir' ist es der Gedanke, dass die Trunksucht nach und nach den Menschen, der sich ihr hingiebt, und seine Umgebung, vor allem seine Familie, zu Grunde richten muss. In ‚L'Oeuvre' ist der Grundgedanke ein verwandter; an Stelle der Neigung zum Trunk tritt hier die Liebe zur Kunst, die einen Künstler so in Anspruch nehmen kann, dass er über ihr sich selbst und seine nächsten Angehörigen allmählich vernachlässigt und dem Untergange zuführt.

Wie Zola (gerade vermöge seiner Phantasie) oft einen leblosen Gegenstand zum Mittelpunkt seiner Erzählung macht, dem

---
1) Lemaître, Les Contemporains, 1e série, Paris 1888, p. 253.

er gewissermassen Leben verleiht und den er einen geheimnissvollen Einfluss auf die Menschen ausüben lässt, darüber spricht sich wieder Lemaître, unseres Erachtens durchaus richtig, so aus [1]):

> Parcourez les Rougon-Macquart: vous trouverez dans presque tous les romans de M. Zola (et sûrement dans tous les derniers) quelque chose d'inanimé, forêt, mer, cabaret, magasin, qui sert de théâtre ou de centre au drame; qui se met à vivre d'une vie surhumaine et terrible; qui personnifie quelque force naturelle ou sociale supérieure aux individus et qui prend enfin des aspects de Bête monstrueuse, mangeuse d'âmes et mangeuse d'hommes.

Im Einzelnen gibt er sodann die Belege für seine Behauptung:

> Dans ‚la Faute de l'abbé Mouret', la Bête, c'est le parc du Paradou, cette forêt *fantastique* où tout fleurit en même temps, où se mêlent toutes les odeurs, où sont ramassées toutes les puissances amoureuses de Cybèle, et qui, comme une divine et irrésistible entremetteuse, jette dans les bras l'un de l'autre Serge et Albine.... C'est, dans le ‚Ventre de Paris' l'énormité des Halles centrales qui font fleurir autour d'elles une copieuse vie animale et qui effarent et submergent le maigre et rêveur Florent. C'est, dans l'Assommoir, le cabaret du père Colombe, le comptoir d'étain et l'alambic de cuivre pareil au col d'un animal mystérieux et malfaisant qui verse aux ouvriers l'ivresse abrutissante, la paresse, la colère, la luxure, le vice inconscient.

Nach Anführung weiterer Beispiele sagt Lemaître alsdann:

> M. Zola excelle à donner aux choses comme le frémissement de cette âme dont il retire une partie aux hommes et, tandis qu'il fait vivre une forêt, une halle, un comptoir de marchand de vin, un magasin de nouveautés d'une vie presque humaine, il réduit les créatures tristes ou basses qui s'y agitent à une vie presque animale.

Es ist, mit einem Wort gesagt, das Symbolische in Zola's Erzählungen (worauf Brandes[2]) schon hingewiesen), das hier Lemaître in den eben angeführten Worten hervorhebt; dieses symbolische Element erscheint auch in Zola's letzten Romanen, so z. B. in der ‚Bête humaine', wo eine Locomotive symbolisch als die Geliebte des Locomotivführers Lantier dargestellt wird.

---

1) a. a. O. p. 261.
2) Deutsche Rundschau, XIV. Jahrgang, Heft 4, Januar 1888.

Kehren wir aber noch einmal zur Betrachtung von Zola's kritischen Schriften zurück. Es muss von Interesse für uns sein, sich des Verhältnisses bewusst zu werden, in dem diese kritischen Schriften zu seinen Romanen stehen, diese Romane auf die Frage hin zu prüfen, ob sie die praktische Durchführung seiner Anschauungen und Grundsätze darstellen, oder nicht. Zola's Romancyclus ist noch nicht vollendet; wir können nicht recht glauben, dass gerade in den letzten Bänden, oder vielleicht gerade im allerletzten, seine Theorie am klarsten hervortreten wird, sondern nehmen eher an, dass dieselbe, die ja eine Theorie der Entwicklung ist, überall zum Vorschein kommen muss; trotzdem halten wir es für verfrüht, schon jetzt in abschliessender Weise darüber urteilen zu wollen, ob der Cyclus die praktische Anwendung der Principien des Autors bedeutet. Soviel glauben wir jedoch sagen zu dürfen: Es ist uns nicht möglich, in Zola's ‚Rougon-Macquart' ein nur einigermassen klares Bild von des Autors ‚méthode d'expérimentation' zu bekommen. Wie wir (S. 51) erwähnten, besteht sein ganzer ‚Roman Expérimental' mehr aus einer allgemeinen-Betonung der Anwendung eines naturwissenschaftlichen Verfahrens auf die Kunst des Erzählens, als in einer Darlegung der Methode der ‚expérimentation' selbst; es scheint uns daher durchaus begreiflich, dass beispielsweise die ‚lois de l'hérédité' in Zola's Erzählungen uns nicht klarer werden können als im ‚Roman Expérimental, wo der Autor selbst sie im Einzelnen noch nicht zu kennen behauptet [1]).

Etwas anders verhält es sich mit den Eigenschaften, die Zola vom Romanschriftsteller in erster Linie verlangt, vor allem

---

[1]) Vgl. S. 51. — Oft ist Zola ersucht worden, sich im Einzelnen über seine Theorien auszusprechen; er antwortet darauf in seinem ‚Roman Expérimental' p. 40 wie folgt:

Je suis sourd à la voix des critiques qui me demandent de formuler les lois de l'hérédité chez les personnages et celles des influences des milieux; ceux qui me font ces objections négatives et décourageantes, ne me les adressent que par paresse d'esprit, par entêtement dans la tradition, par attachement plus ou moins conscient à des croyances philosophiques et religieuses . . .

mit dem „sens du réel'. Wir glauben, schon bevor wir uns mit Zola's kritischen Aufsätzen beschäftigten, nachgewiesen zu haben, wie dieser Schriftsteller den „sens du réel' besitzt, und welcher Art dieser „sens du réel' bei ihm ist. Was die zweite Haupteigenschaft, die er vom Künstler fordert, anlangt, die expression personelle, so ist es weniger interessant, deren Nachweis bei ihm zu versuchen, weil diese Forderung durchaus nicht neu ist, und Originalität wohl von jeher eine der Hauptbedingungen für die Bedeutung eines Künstlers gewesen ist.

Bevor wir die Ergebnisse unserer Untersuchung in Bezug auf Zola zusammenfassen, möchten wir noch einen flüchtigen Blick auf die Eigentümlichkeiten seiner Schreibweise werfen. Zola steht hier in einem grossen Gegensatz zu dem Schriftsteller, von dem er, wie wir sahen, sonst in mehr als einer Weise als abhängig erscheint, zu Flaubert. Vielleicht trägt schon das rasche Aufeinanderfolgen seiner Werke dazu bei, dass diesen die künstlerische Vollendung der Form fehlt. Wir sahen, dass bei Flaubert jeder einzelne Satz gefeilt, jeder Ausdruck erwogen ist, so dass bei ihm vor allem eines nahezu ausgeschlossen erscheint: die Wiederholung. Und gerade diese ist bei Zola häufiger fast als bei allen Autoren, die wir besprochen. Auf die häufige Wiederholung ein und desselben Eigenschaftswortes in seinen Werken weist M. Deraismes [1]) hin:

> Il a recours à des épithètes, des qualificatifs qu'il adopte, qu'il répète à courts intervalles, dans tous ses romans, de façon à en faire de véritables clichés. C'est ainsi que nous retrouvons à chaque page: des lueurs molles, des clartés molles, des expressions molles, des physiognomies molles, des douceurs molles etc.
>
> Nous rencontrons aussi les milieux gras, les rires gras, les froideurs grasses, les colères grasses. Cela peut se prolonger indéfiniment et l'auteur n'y manque pas.

Ähnlich führt Lemaître [2]) an, welche Rolle ein Adverbium in Zola's Beschreibungen spielen kann. Von auffälligen Wortverbindungen und Ausdrücken giebt Deraismes folgende [3]):

---
1) M. Deraismes, l'Épidémie Naturaliste. Paris s. d. 1887 (?).
2) a. a. O. p. 273.
3) a. a. O.

Elle donna le bougeoir à Florent en le regardant avec sa belle face tranquille de vache sacrée ...

La baronne promenait son regard noir sur les murs blancs ...

Elle mordait à petits coups de dents, écartant avec soin ses belles lèvres dans la crainte de les brûler et ce bout noir s'en allait peu à peu dans tout ce rose ...

Weisen schon diese Ausdrücke darauf hin, wie wenig realistisch manchmal Zola in seiner Schreibweise sein kann, so ist das noch mehr der Fall bei denjenigen, die Brunetière ¹) aus der „Faute de l'abbé Mouret" anführt:

de petites notes musquées qui s'égrenaient du tas de violettes posé sur la table ...

les belles de nuit piquaient ça et là un trille indiscret ...

zu denen wir noch folgende hinzufügen möchten:

un cantique adorable des héliotropes, dont les baleines de vanille disaient l'approche des noces ...

Les noces étaient venues, les fanfares des roses annonçaient l'instant redoutable.²)

Versuchen wir jetzt das über Zola Gesagte in einigen Worten zusammenzufassen, um seine Bedeutung für den Realismus kurz zu kennzeichnen.

1. Emile Zola, geb. 1840, erscheint in seinem grossen Roman-Cyclus „Les Rougon-Macquart', dessen Stoff ein durchaus realistischer ist, vor allem von Balzac und Flaubert beeinflusst; von ersterem in der Fülle und der Vielseitigkeit des Details seiner Schilderungen wie in der Art und Weise der Beobachtung von Charakteren und Vorgängen, von letzterem namentlich in der Auffassung der Eigentümlichkeiten der Natur.

2. Geradezu systematisch bildet Zola die Schilderung der Einwirkungen der Natur auf unsere Sinne aus, auch hier sich an Flaubert's Vielseitigkeit, in der Benutzung der verschiedenen Jahreszeiten u. s. w., anlehnend; in dieser Beziehung, und weiter darin, dass er zu Gunsten der Naturwahrheit in der Wahl seiner Stoffe und seiner Ausdrücke mit der litterarischen Tradition bricht und von jeder aesthetischen Rücksicht absieht, erkennen wir bei ihm eine Weiterentwicklung des Realismus.

---

1) a. a. O. p. 17.
2) Alle diese Stellen finden sich in der „Faute de l'abbé Mouret' p. 413.

3. Originell als Realist tritt Zola weiterhin in seiner Gesammterscheinung auf, weil er nicht nur als realistischer Romanschreiber sondern auch als realistischer Kritiker schafft und sich über die Aufgabe des realistischen (oder naturalistischen) Romans in einer Reihe von Schriften ausspricht.

4. Doch auch Zola ist nicht frei von Romantik; er steht im Kampf mit seiner übermächtigen Phantasie, die uns in jedem seiner Romane entgegentritt; er erkennt an und bedauert, dieser Phantasie zuviel nachgegeben zu haben.

Wir haben versucht, an den Hauptvertretern des Realismus den Ursprung und die Entwicklung dieser Bewegung zu verfolgen. Wir sahen, wie der Trieb, der Wirklichkeit in der Natur und im Leben nachzugehen, den wir bei Balzac schon in bedeutsamer Weise fanden, bei Flaubert und zum Teil auch bei Daudet noch entschiedener hervortrat, wie während dieser Zeit der Einfluss der realistischen Bewegung auf die französische Litteratur ein mächtiger geworden war, wie Zola endlich, auf Balzac und Flaubert fussend, die Eigentümlichkeiten Beider in realistischer Richtung in seinen Werken ausbildet und erweitert und es ausserdem unternimmt, für die Sache des Realismus und Naturalismus in litterarisch-kritischen Schriften als Vertheidiger aufzutreten.

Die realistische Bewegung ist noch nicht als beendet anzusehen; es scheint uns deshalb verfrüht, zusammenfassende Urteile über dieselbe zu fällen. Eine Eigentümlichkeit aber, die bei allen Hauptvertretern der realistischen Strömung wahrzunehmen ist, dünkt uns schon jetzt der Beachtung wert: Gerade die Hauptvertreter der Bewegung sind mit einer mächtigen Phantasie begabt. Bei Balzac und vor allem bei Daudet, die wir mehr als naiv schaffende Künstler auffassen möchten, verschmilzt diese Phantasie mit den übrigen Elementen ihrer Kunst zu einem harmonischen Ganzen, bei Flaubert und Zola, die man mehr reflectirend schaffende Autoren nennen könnte, ist in verschiedener Weise das Bestreben wahrzunehmen, diese Phantasie zu bekämpfen, ein Bemühen, das nur teilweise von Erfolg gekrönt worden ist.